KB114218
손끝의
탑스타

내 손끝의 탑스타 3

박골 장편소설

초판 1쇄 찍은 날 § 2017년 12월 18일
초판 1쇄 펴낸 날 § 2017년 12월 25일

지은이 § 박골
펴낸이 § 서경석

총괄팀장 § 최하나
편집책임 § 신보라
편집 § 이지연
디자인 § 신현아

펴낸곳 § 도서출판 청어람
등록번호 § 제387-1999-000006호
등록일자 § 1999. 5. 31
어람번호 § 제1-2815호

주소 § 경기도 부천시 부일로 483번길 40 서경B/D 3F (우) 14640
전화 § 032-656-4452 팩스 § 032-656-4453
http://www.chungeoram.com
E-mail § chungeorambook@daum.net

ISBN 979-11-04-91578-9 04810
ISBN 979-11-04-91513-0 (세트)

내 손끝의 탑스타

박골 장편소설

FUSION FANTASTIC STORY

3

내 손끝의 탑스타

Contents

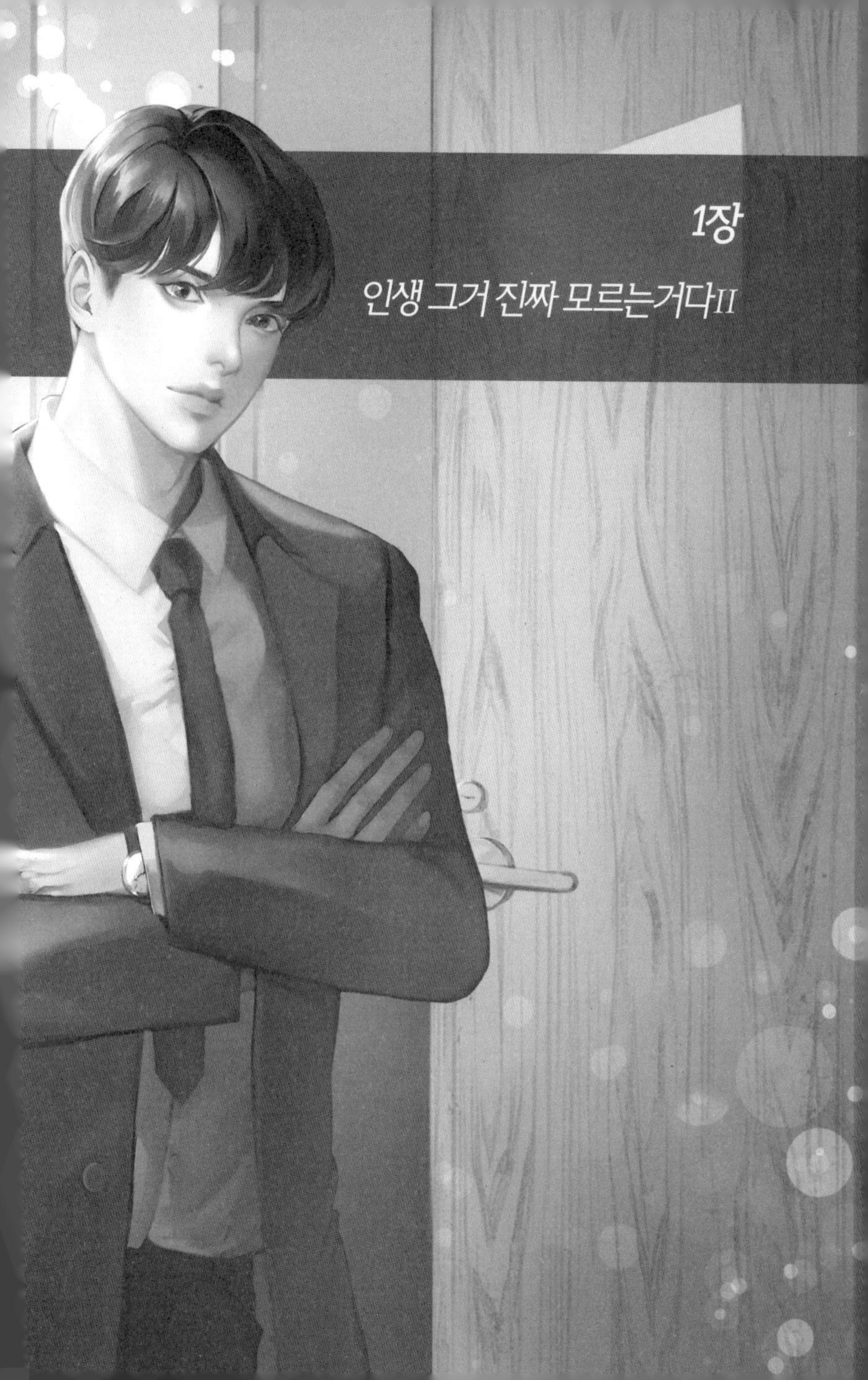

1장

인생 그거 진짜 모르는거다II

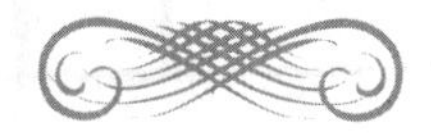

정훈민과 이진이가 돌아가고, 현우는 홀로 3층 사무실에 올라왔다. 대표실 책상에 앉아 현우는 심각한 얼굴을 하고 있었다. 망치로 가격을 당한 것처럼 뒤통수가 얼얼한 느낌이다.

'대체 왜 광고 입찰에서 진 거지?'

쉽사리 이해가 되지 않았다. 광고주 프레젠테이션 때, 분위기는 완전히 재임 미디어 쪽으로 기울어 있었다. 최민철 팀장과 재임 미디어 관계자들도 입찰 경쟁에서의 승리를 장담할 정도였다.

'예상하지 못한 변수가 생긴 게 분명해.'

현우는 대표실 벽에 걸려 있는 시계를 바라보았다. 최민철이 도착하기까지 시간이 남아 있었다. 현우는 급히 노트북을 열었다. 현우의 예상대로였다. 포털 사이트엔 이미 걸즈파워의 컴백 관련 기사들이 줄을 잇고 있었다.

[걸즈파워 맑은이슬 광고 모델로 낙점!]

[걸 그룹 최초로 소주 모델까지, 걸즈파워의 위엄!]

[대형 광고와 함께 화려한 컴백! 걸즈파워!]

기사를 확인한 현우는 헛웃음을 머금었다. 방금 전 최민철과 통화를 끝냈다. 그런데 포털 사이트를 장식하고 있는 기사들은 그보다 훨씬 먼저 올라와 있었다. 즉, S&H에서는 이미 신창 기획에서 광고를 따낼 것을 알고 미리 기사를 내보냈다는 말이 된다.

'한 방 먹었구나.'

문득 이장호 회장의 얼굴이 떠올랐다. 이장호라면 충분히 그럴 만한 능력이 있었다. 그리고 현우의 예상은 그대로 맞아떨어졌다. 어울림에 도착한 최민철은 이렇게 말했다.

"S&H 쪽에서 로비를 한 것 같습니다, 매니저님."

"로비요?"

"네. 로비라고 말을 하기는 좀 뭐하지만, S&H의 이장호 회장과 이번에 대표이사로 취임한 이원용 이사가 개인적인 친분이 깊다고 들었습니다. 아마 기획 홍보팀의 결정을 이원용 이사가 뒤집어 버린 거 같습니다."

"그래요? 확실합니까?"

"예, 확실합니다. 기획 홍보팀 팀장이 직접 상황을 설명해 주더군요."

"후우……."

현우는 길게 한숨을 내쉬었다. 대표이사라는 인간이 눈앞에 있으면 욕이라도 해주고 싶은 심정이었다. 아무리 광고가 광고주의 입김이 강하다고 해도 이건 너무 독단적인 결정이었다. 광고주 프레젠테이션을 준비하며 고생을 한 기획 홍보팀 직원들은 물론이고, 다른 이사들을 모두 들러리로 만들어 버린 셈이었다. 이 모든 일이 가능한 이유는 대표이사로 취임한 이원용이라는 사내가 바로 재벌 3세였기 때문이었다. 태어날 때부터 금수저가 아닌 농구공만 한 다이아를 입에 물고 태어난 존재였다.

'기획 홍보팀 직원들도 뭐 같긴 마찬가지겠네.'

화가 나면서도 어이가 없어 피식 웃음이 나왔다. 그 순간 갑자기 손태명이 대표실 문을 열고 들어왔다.

"현우야, 빨리 이것 좀 읽어봐!"

손태명이 급히 핸드폰을 내밀었다. 핸드폰 화면에는 포털 기사가 떠올라 있었다.

[맑은이슬 광고와 관련된 걸즈파워의 비하인드 스토리?]

인상적인 일본 활동을 마무리하고 국내 컴백을 앞두고 있는 인기 걸 그룹 걸즈파워가 연일 행복한 비명을 지르고 있다. 업계 1위를 차지하고 있는 맑은이슬의 광고를 따냈기 때문이다. 그런데 그 비하인드 스토리가 업계 관계자로부터 흘러나와 큰 흥미를 끌고 있다. 이 대형 광고를 따내기 위해 치열한 경쟁이 있었다는 것이다. 업계 관계자에 의하면 경쟁 모델은 요즘 한창 인기를 끌고 있는 신인 가수 J양이라는 것. 걸즈파워는 신비하고 아름다운 외모와 놀라운 음색으로 큰 인기몰이를 하고 있는 J양과 최종 후보까지 올라갔고, J양은 결국 2순위로 안타깝게 밀려나고 말았다. 업계 관계자는 그 어떠한 광고 입찰보다도 치열한 경쟁이었다며 혀를 내둘렀다.

—J양은 누가 봐도 송지유네 ㅋㅋ (공감912/비공감89)

—송지유가 했어도 좋았겠는데? ㅎ (공감877/비공감241)

—아니 가만히 있는 여왕님을 왜 까는 거지? (공감765/비공감32)

—기자가 송지유 돌려 까네? ㅋㅋㅋㅋ (공감545/비공감117)

—역시 걸즈파워! 송지유는 한참 멀었지! (공감473/비공감381)

쾅! 현우가 테이블을 내려쳤다. 최민철이 깜짝 놀랐다.

"매, 매니저님? 왜 그러십니까?"

"……."

현우는 대답 대신 핸드폰을 최민철에게 내밀었다. 기사를 확인한 최민철도 크게 놀라며 할 말을 잃었다.

현우는 서둘러 노트북으로 주요 커뮤니티들을 살펴보기 시작했다. 포털 한 귀퉁이에 걸쳐 있던 찌라시에 가까운 기사였지만 이미 커뮤니티에서도 큰 화제가 되고 있었다.

맑은이슬의 광고 모델로 걸즈파워가 어울린다, 아니면 송지유가 더 어울린다며 서로 갑론을박을 펼치고 있었다. 걸즈파워니 송지유니 하는 대중들의 치열한 설전은 상관이 없었다.

그저 가십거리일 뿐이었다. 하지만 이 작은 기사 하나 때문에 송지유는 걸즈파워에게 밀려 광고 모델에서 떨어진 2인자 이미지가 생겨 버렸다.

연예인에게 포지션은 매우 중요하다. 어떠한 포지션을 잡고 있는지에 따라서 저평가될 것도 고평가가 되고 고평가가 될 일도 저평가가 되고 만다.

쉽게 설명하자면 아이돌 출신 배우들에겐 누구에게나 '아이돌 출신 연기자는 발연기다'라는 프레임이 씌워진다. 그리고 지금 송지유에게 그런 일이 벌어지려 하고 있었다. 이 기사로

인해 '송지유는 걸즈파워보다는 아래다'라는 인식이 무의식적으로 대중들에게 자리를 잡을 수 있었다.

"현우야, 괜찮아?"

손태명이 현우의 어깨를 짚었다. 굳게 쥐고 있는 현우의 주먹이 부들부들 떨리고 있었다.

"태명아."

"응, 말해."

"이 쓰레기 같은 기사 누가 낸 거 같아?"

"아마도… S&H 쪽이겠지."

현우는 이를 악물었다. 얼핏 대중들이 보기에는 가볍게 넘어갈 수도 있는 가십거리였지만, 연예 기획사나 연예인 입장에서는 느닷없이 치명적인 공격이 들어온 셈이었다.

"선전포고를 했다 이거지?"

"현우야, 어떻게 하려고?"

손태명이 걱정스러운 얼굴로 물었다. 포털 사이트 한 귀퉁이에 걸린 작은 기사였고, 명백한 사실이었다. 또 실명을 표기하지 않았기에 딱히 대처를 할 방법이 없었다. S&H 쪽에서 소위 말하는 언론 플레이, '언플'을 제대로 한 셈이었다.

현우가 굳은 얼굴로 씩 웃었다.

"어떻게 하긴? S&H에서 먼저 돌을 던졌는데 우리도 가만히 있을 수는 없지."

"하지만 상대는 S&H야. 자칫하다간 일이 더 커질 수도 있어."

"나도 알아."

손태명이 무엇을 걱정하는지는 현우도 잘 알고 있었다. 거대 기획사 S&H에 언론 플레이로 맞상대를 하겠다는 건 자살행위나 마찬가지였다. 현우의 어울림은 주목받는 신생 연예기획사에 불과하다. 하지만 S&H는 연예계와 언론 등 광범위하게 그 연이 닿아 있었다.

"치졸하게 언론 플레이 따위는 하지 않아."

"그러면?"

"돌 던졌잖아. 그럼 우리도 돌을 던져야 하지 않겠어?"

"현우야!"

"걱정 마. 눈뭉치 속에 짱돌 하나 넣어서 던지면 맞아보기 전에는 아무도 모르니까."

현우의 눈동자에 독기가 어렸다.

*　　　*　　　*

퇴근 시간을 맞이해 직장인들이 빌딩 숲에서 몰려나왔다. 뒷골목에 숨어 있는 식당 속으로 직장인들이 삼삼오오 흩어졌다. 그리고 그 무리 중에는 '얼굴천재지유'라는 닉네임을 쓰고 있는 박 팀장도 있었다.

단골 가게에서 친구들을 만나 김치찌개를 주문한 박 팀장은 썩 기분이 좋지 않았다. 며칠 전에 포털 사이트에 올라온 기사 때문이었다.

박 팀장도 가입해 있는 축구 커뮤니티나 게임 커뮤니티에서도 걸즈파워와 송지유 간에 벌어졌던 일 때문에 연일 많은 이야기들이 오고 가고 있었다.

"야, 얼굴 좀 펴라. 네가 떨어졌냐? 광고 하나 떨어지면 어때? 송지유 인기 많잖아. 다른 광고 찍으면 그만이지."

"너는 내 마음 모른다. 나는 직접 여왕님을 알현한 사람이야. 그리고 나 인터넷 끊은 지 꽤 됐다."

"담배나 끊을 것이지, 괜히 인터넷은 왜 끊었는데?"

"악플러 놈들 때문에 화딱지가 나서 그런다."

걸즈파워의 일부 팬들과 악플러들이 주요 커뮤니티를 돌아다니며 송지유를 깎아내리고 있었다. 팬 카페가 유일한 청정 지역이었지만, 박 팀장은 송지유가 광고 입찰에서 밀린 것이 자신의 연기가 부족했던 탓이라 돌리며 자숙의 시간을 보내고 있었다.

옆자리를 슬쩍 보니 맑은이슬 소주병이 대부분의 테이블마다 올라와 있었다. 그런데 또 가게에서 틀어놓은 TV에서 맑은이슬의 광고가 흘러나왔다. 걸즈파워가 각선미를 자랑하며 소주병을 내밀었다. 비하인드 관련 기사가 나가고 며칠 후, 온라인과 TV를 통해 걸즈파워의 맑은이슬 광고가 공개된 것이었다.

박 팀장이 홱 고개를 돌렸다.

"…여왕님 보고 싶다."

박 팀장이 핸드폰에 저장되어 있는 사진을 보며 아련한 표정을 지었다. 송지유와 함께 찍은 사진이 여러 장 있었다.

"근데, 좀 이상한데?"

친구 한 명이 넌지시 말했다.

"왜?"

"아까부터 사람들이 자꾸 이쪽을 쳐다보는데?"

"그래?"

박 팀장이 주변을 둘러보았다. 직장인들 일부가 박 팀장을 쳐다보고 있었다. 몇몇 사람들은 피식피식 웃기까지 했다. 그러다 어떤 남자 직장인이 벌떡 일어나 이쪽으로 다가왔다.

"혹시… 얼굴천재지유 님?"

"어라? 마, 맞는데요? 저를 어떻게 아십니까?"

박 팀장이 머리를 긁적였다. 남자 직장인이 방긋 웃었다.

"하하. 얼굴천재지유 님 맞으시구나! 팬입니다. 저도 지유 님 팬이에요."

"네. 반갑긴 한데… 어떻게 저를 알아요?"

"네, 무슨 소리세요? 팬 카페랑 WE TUBE 난리 났는데 아직 모르세요?"

박 팀장이 어리둥절한 얼굴을 했다. 대체 이게 무슨 황당한 소리란 말인가?

"진짜 모르시나 보네? 팬 카페 들어가 보세요. 그럼 아실 겁니다."

"그, 그래요?"

박 팀장은 서둘러 그동안 접속을 끊었던 팬 카페에 들어가 보았다.

"어?!"

박 팀장이 숟가락을 떨어뜨렸다. 팬 카페 대문에 공지가 올라와 있었다. 공지를 남긴 사람은 운영자들도 아니고 바로 어울림의 김현우 대표였다.

[안녕하세요? 김현우입니다. 팬 여러분 감사드립니다.]

가입하고 처음으로 글 남깁니다. 지유 팬 카페인데 제가 먼저 글을 남겨 죄송합니다. 다름이 아니라 저번 광고 콘티 영상 촬영 때 도와주신 팬 여러분에게 감사의 말씀을 전하고 싶었습니다. 비록 결과는 좋지 않았지만 팬 여러분과 추억을 쌓을 수 있어서 뿌듯했습니다. 어차피 쓸모가 없어진 콘티 영상이라 팬분들과 공유하는 게 옳다고 생각이 되어서 콘티 영상 올립니다. 그리고 이

글을 보시면 박골 작가님은 쪽지 확인해 주세요. 제가 팬픽 쓰시는 거 팬이라서 그럽니다. 오해 마시고요. 그리고 지유도 곧 글 올릴 거니까 실망하지들 마시고… 그럼.

그리고 WE TUBE에서 링크한 동영상들이 쭈르륵 올라와 있었다.

"어?! 이거 뭐야?!"

별안간 박 팀장이 화들짝 놀랐다. 동영상의 조회 수가 미쳐 있었다.

팬들과 함께한 네 번째 콘티 영상의 조회 수는 무려 300만이 넘었다. 다른 세 개의 콘티 영상들도 모두 조회 수가 300만에 근접하고 있었다.

그리고 그 밑으로 끝도 없을 정도로 많은 댓글들이 달려 있었다.

박 팀장은 급히 포털 사이트에 들어가 보았다. 이미 그곳에도 김현우 대표가 팬 카페에 올린 동영상에 관한 기사들이 넘쳐났다.

"뭐지? 그동안 무슨 일이 있었던 거야?"

문제의 그날, 현우는 김성민 감독과 최민철 팀장의 동의를 얻어 콘티 영상들을 팬 카페에 공개해 버렸다. 영화나 다름없는 수준의 콘티 영상들은 팬 카페의 회원들을 통해 주요 커뮤니티로 확산되어 나갔다.

여왕, 혹은 얼음 인형이라 불리는 송지유가 연기를 펼쳤다. 지금까지 볼 수 없었던 송지유의 매력적인 모습이 담긴 콘티 영상들은 최대 규모의 동영상 사이트인 'WE TUBE'에서 엄청난 화제가 되었다.

그리고 연예 기자들이 이를 가만히 보고 있을 리가 없었다. 기사들이 쏟아지며 화력을 더해주었다.

그렇게 팬 카페에 콘티 영상을 공개하고 5일이 지난 오늘, 포털 사이트에선 여전히 많은 기사가 쏟아져 나왔다.

[송지유가 연기까지? 팬들과의 광고 영상, 연일 화제!]

[얼음 여왕 송지유는 팬에게는 한없이 자비롭다]

[음원 차트 올킬도 모자라 이제는 'WE TUBE' 조회 수 300만 돌파]

현우는 첫 번째 기사를 클릭해 보았다.

송지유의 소속사 어울림에서 팬들을 위해 팬 카페에 광고 입찰을 위해 제작했던 콘티 영상들을 공개했다. 총 3개의 에피소드로 이루어진 콘티 영상은 마치 영화의 한 장면을 보는 것 같다는 찬사를 받고 있다. 특히 어울림 측에서 공개한 20분짜

리 무편집본 팬 미팅 영상은 단일 조회 수 300만을 넘기며 엄청난 호응을 끌어내고 있다. 얼음 인형이라 불리며 대중들에게 거리를 두고 있던 송지유의 친숙하고 솔직한 매력에 여성 팬도 급증하고 있다.

기사엔 콘티 영상 링크가 첨부되어 있었다. 현우의 시선이 자연스레 댓글로 향했다.

—그냥 갓 지유! (공감1,322/비공감92)

—팬들 하나하나 챙기는 거 봐. 빠져든다. (공감1,206/비공감101)

—얼굴천재지유 ㅋㅋㅋㅋ 닉네임 개 웃기네! ㅋㅋ (공감1,123/비공감49)

—진짜 팬들이 다했다. 팬인데 닉네임이 고문관지유야 ㅋㅋ 그 옆에는 말년병장송지유 ㅋㅋㅋ 팬들 진짜 웃기다. 매니저랑 만담을 하네? ㅋㅋ (공감1,084/비공감82)

—맑은이슬 큰일 났네 ㅋㅋ 아무도 걸즈파워 광고에 관심이 없어 ㅋ (공감987/비공감158)

—뭐냐? 맑은이슬 미쳤네. 그냥 봐도 송지유 광고가 훨씬 수준 높은데, S&H에서 돈 풀었냐? (공감921/비공감148)

—맑은이슬 광고 모델 너무 질림. 서주아도 가슴만 부각시키더니 걸즈파워도 짧은 치마 입혀서 그냥 눈요깃거리나 만드네. 팬으

로서 짜증 난다. (공감877/비공감292)

송지유를 향한 대중들의 반응은 폭발적이었다.

반면, 주로사(社)의 기획 홍보팀은 며칠 째 욕이란 욕은 다 먹고 있었다. 비싼 연봉 받으며 무슨 일을 이따위로 하냐는 조롱들이 쏟아졌다.

그리고 오늘 새벽, 사달이 일어났다. 대중들의 비난을 이기지 못한 주로의 기획 홍보팀 직원이 술에 잔뜩 취해 SNS에 익명으로 글을 남겼다. 그리고 그 글은 대중들에게 엄청난 떡밥을 제공했다.

씨발 인생 조가타… 인생 사십 넘게 살아보니 깨다라따… 결국 제일 중요한 건 부모 잘 만나는 거다… 일 조온나 열시미 해봐야 부모 잘 만난 대표이사 넘 못 조차간다… S&H는 이장호가 최고… 왕후장상 영유종호…

이 글을 네티즌 수사대가 분석을 했고, 재벌 3세인 이원용 대표이사가 광고 모델 선정 과정에서 이장호 회장과의 친분을 이유로 기획 홍보팀에 압력을 넣었을 것이라는 루머가 돌기 시작했다.

결국 오늘 주로는 홈페이지에 루머를 해명하는 글까지 올려야 했다.

현우는 걸즈파워와 관련된 기사들 몇 개를 살펴보았다. 대중들의 반응은 싸늘했다.

걸즈파워가 워낙 인기가 있었기에 걸즈파워에 대한 직접적인 비난은 거의 없었다. 대신 S&H가 루머 때문에 욕을 먹고 있었다. '평소에도 언플 기획사다', '아이들 코 묻은 돈만 노린다' 등의 비난과 함께 안티 팬들이 유독 많은 기획사다웠다.

무엇보다도 현우를 웃게 하는 건, 맑은이슬의 제조사인 주로가 갑질 논란으로 대중들에게 엄청난 비난을 받고 있다는 것이었다.

광고와는 전혀 관련 없는 비난들이 쏟아졌다. 그동안 잠재되어 있던 불만들이 이번 광고 사태로 터지고 말았다. 비난의 종류도 다양했다. 소주가 맛이 없다느니 심지어 작년에 있었던 가격 인상에 대한 비난도 쏟아졌다.

"이제 좀 속이 후련하네."

노트북을 들여다보며 현우가 피식 웃었다. 손태명과 오승석이 질린 얼굴을 했다. 그동안 현우는 대표실에서 숙식을 해결하고 있었다. 그리고 원하는 결과를 기어코 손에 쥐고야 말았다.

"S&H에서 가만히 두고만 보지는 않을 거야, 현우야."

짧게나마 S&H에서 매니저 생활을 했었던 손태명은 통쾌함

보다는 걱정이 더 앞섰다. 현우는 이솔이 만들어주었던 쿠키를 입으로 넣으며 우물거렸다.

"괜찮아. 팬 카페에 팬들한테 감사하다고 글 하나 올린 것뿐이야. 우리 지유가 잘나서 콘티 영상이 화제가 된 걸 나보고 어쩌라고? 그리고 애당초 갑질을 한 건 그 사람들이야. 다 자업자득이라고."

현우도 팬 카페에 남긴 글이 이렇게까지 큰 파장을 몰고 올 줄은 미처 몰랐다.

다만 현우가 팬 카페에 송지유의 콘티 영상을 공개한 까닭은 팬들과 대중들이 객관적이고 공정한 시선으로 판단을 해줬으면 하는 바람 때문이었다. 그런데 일이 이렇게까지 되어버린 것이었다.

"왕후장상 영유종호라고? 아니지. 이런 걸 보고 사필귀정 인과응보라고 하는 거다, 태명아."

연달아 쿠키를 입으로 가져가며 현우가 씩 웃었다. 하지만 눈동자에는 독기가 여전했다.

* * *

S&H 매니지먼트 1팀에 쉴 새 없이 전화가 쏟아졌다. 루머에 대한 기자들의 문의가 끝도 없이 쏟아졌다. 직원들은 일일

이 전화 응대를 하느라 정신이 없었다. 회의실에 팀장급 이상의 매니저들과 이석우 실장이 모여 심각한 얼굴로 회의를 이어가고 있었다.

프로젝트 빔을 통해 S&H와 주로에 대한 부정적인 기사와 대중들의 반응이 연이어 비춰졌다.

"지금 장난해요? 기껏 이런 기사들이나 보자고 긴급회의 소집한 줄 알아요? 해결책을 내놓으란 말입니다, 해결책을!"

차분한 분위기의 이석우 실장이 보기 드물게 화를 내고 있었다. 단 며칠 사이에 여론이 이상하게 돌아갔다.

S&H에서도 어울림에서 공개한 송지유의 콘티 영상에 주목하고 있었다. 걸즈파워가 찍은 맑은이슬의 광고에 어느 정도 부정적인 영향을 끼칠 것이라는 예측도 물론 하고 있었다.

걸즈파워를 좋아하는 팬들이 있듯이 송지유에게도 팬들이 있었기 때문이었다.

하지만 그럼에도 불구하고 광고 비하인드 스토리를 기사로 내보낸 것은 잃는 것보다 얻는 것이 더 많다는 매니지먼트 1팀의 치밀한 계산이 있었기 때문이었다.

그런데 어울림 측에서 콘티 영상을 공개하고, 점점 시간이 흐르면서 여론이 들끓고 있었다. 갑질 논란이 벌어진 것이다.

재벌이라는 불공정한 기업 구조가 자리 잡고 있는 대한민국 사회에서 갑질 논란이 벌어지면 타격은 어마어마했다. 특히 요즘은 더욱 그러했다. 그런데 갑질 논란의 중심에 주로뿐만 아니라 S&H까지 합류해 있었다.

"실장님, 아무래도 제 생각에는 어울림 쪽에서 이런 사태를 노리고 일부러 동영상을 공개한 것 같습니다."

"당연한 이야기를 지금 왜 합니까?!"

이석우 실장은 음악 캠프에서 잠깐 대화를 나누었던 어울림의 젊은 대표 김현우를 떠올렸다.

혼란스러웠다. 과연 그 젊은 대표가 이 모든 사태를 예상하고 콘티 영상을 공개했는지가 가장 궁금했다. 만약 이 사태를 예상한 것이라면 생각했던 것보다 만만하지 않은 상대에게 먼저 칼을 들이민 셈이었다.

"비하인드 관련 기사 내보내자고 제안서 올린 사람 누굽니까?"

"저, 접니다. 실장님."

"당분간 자숙하세요."

"알겠습니다."

이번에 매니지먼트 2팀에서 새롭게 합류한 팀장급 매니저가 고개를 푹 숙였다. 사실 이런 식의 언플은 거대 기획사에는 흔한 일이었다.

언론을 통해 경쟁 기획사의 연예인들을 깎아내리거나, 계약만료를 앞두고 있는 소속 아이돌을 겨냥해서 사생활과 같은 악의적인 기사를 내보내 겁을 주고 재계약을 맺기도 한다.

언플은 그만큼 연예 기획사가 가지고 있는 흔한 수단 중의 하나였다.

그런데 언플을 한 대가가 이렇게까지 심각한 치명타가 되어 되돌아올 줄은 그 누구도 예상하지 못했다. 더욱 큰 문제는 마땅한 해결책이 없다는 사실이었다.

처음부터 어울림의 송지유를 목표로 잡고 언플을 한 것도 이쪽이었고, 이장호 회장과의 친분 때문에 이원용 대표이사가 재임 미디어가 아닌 신창 기획의 손을 들어준 것도 사실이었다. 지금의 상황에서 해결책이라곤 성난 대중들이 잠잠해지기를 바라는 것뿐이었다.

"해명 보도 자료 내보내고, 기자들한테 연락해서 기사 최대한 막아야 합니다. 알았어요?!"

이석우 실장이 문을 박차고 회의실을 나섰다.

"김현우라……."

이석우 실장은 몇 번이나 현우의 이름을 곱씹었다.

*　　　*　　　*

다음 날부터 약속이라도 한 듯 S&H 쪽에서 해명 기사를 내보냈다. 루머는 모두 거짓이며 광고 입찰 경쟁은 공정한 환

경에서 펼쳐졌다는 게 핵심적인 내용이었다. 하지만 이를 곧이곧대로 믿는 사람들은 거의 없었다. 오히려 대중들의 분노를 더 가중시키고 있는 실정이었다.

한편, 눈뭉치 속에 짱돌 대신 수류탄을 넣고 집어 던진 장본인인 현우는 송지유와 함께 단골 삼겹살 가게에서 아침 백반을 먹고 있었다.

"집에 언제까지 안 들어갈 건데요?"

"그렇지 않아도 오늘은 들어갈 생각이었어."

젓가락으로 제육볶음을 집다가 현우가 송지유를 보았다.

"넌 괜찮은 거지?"

"뭐가요?"

"광고 말이야."

주로와 S&H가 융단폭격을 맞고 있었지만, 송지유가 걸즈파워에게 맑은이슬 광고를 뺏긴 건 변함없는 사실이었다.

"고기만 먹지 말고, 야채도 먹어요."

송지유가 현우의 입으로 상추를 구겨 넣었다. 그러고는 흘러내리는 머리카락을 귀 뒤로 넘기며 다시 입을 열었다.

"상관없어요. 대표이사가 마음대로 결정을 내린 건데 어떻게 하겠어요."

송지유의 말에 현우가 픽 웃었다. 태연한 척 보여도 현우만큼이나 송지유도 화가 났을 것이다.

“소주 광고 말고도 섭외 온 광고는 많아. 그리고 이번 일 덕분에 지유 네 주가는 더 치고 올라갔고.”

현우가 글을 올리고 며칠 후 송지유도 가입 인사 겸 글을 남겼다. 이미 맑은이슬 광고 건으로 말들이 많았기에 송지유는 광고와 관련된 내용은 일체 언급을 하지 않았다.

대신 콘티 영상 때 팬들과 함께 찍은 사진 몇 장과 셀카 여러 장을 남겼는데, 그 사진들이 커뮤니티에 돌아다니며 화제가 되고 있었다.

오히려 팬들과 대중들은 송지유의 인성을 칭찬하고 있었다. 어떻게 보면 광고를 빼앗긴 것이나 마찬가지였는데도 팬 카페에서는 그 어떠한 내용도 언급하지 않고 밝은 모습을 보여주었기 때문이었다.

그래서 새로 생겨난 별명이 송지유와 대인배를 합친 송인배였다.

“이거 한번 봐볼래?”

현우가 기획안 두 장을 송지유에게 내밀었다.

“이게 뭐예요?”

“기획안이야. 하나는 무형 제작진이 보낸 거고, 하나는 발굴 뉴 스타 종영되면 새롭게 들어갈 새 프로에 대한 기획안이야. 무형은 네 거고, 새 프로는 연습생 애들을 출연시킬까 생각 중이야.”

"그래요?

연습생 아이들이라는 말에 송지유가 관심을 보였다. 송지유가 기획안을 살펴보기 시작했다.

무형 기획안은 더 볼 것도 없었다. 단발성 출연이라 부담도 없었고, 아이템도 재밌어 보였다. 하지만 문제는 연습생 아이들이 출연을 할 수도 있는 새 프로였다.

"오디션 프로네요?"

"왜 너도 관심 있어?"

"오빠를 만나기 전에는 관심이 조금 있기는 있었어요. 빅스타 케이에 지원할 생각도 했었으니까요."

"그래? 그럼 아이들 출연시킬까? 네 생각은 어때?"

현우의 물음에 송지유가 턱을 괴었다. 생각에 잠길 때 나오는 송지유 특유의 버릇이었다.

"진이 언니가 메인 작가면 기회가 될 것 같기는 해요. 그런데 솔이는 어떻게 할 건데요? 그 아이 무대 공포증이잖아요."

"그래서 너한테 물어본 거야."

"솔이만 빼고 다른 아이들만 출연을 시킬 생각인 거면 난 오빠한테 실망할 거예요."

"내가 그럴 것 같아? 그럴 거였으면 지금 이렇게 고민을 하지도 않겠지. 일단 병원 다니면서 심리 치료는 받게 할 생각이야."

"좋은 생각이네요."

"그런데 말이야. 새 프로 녹화까지 2개월 정도밖에 여유가 없어. 그 전에 심리 치료든 뭐든 해서 무대 공포증을 고쳐내야 하는데 걱정이다 걱정… 그래도 잘 해결되겠지?"

"그럴 거예요. 저도 도울게요."

현우의 물음에 송지유가 고개를 끄덕거리며 대답했다. 드르륵. 드르륵. 갑자기 현우의 핸드폰이 울려댔다.

"받아요. 재임 미디어예요."

"오케이."

젓가락을 내려놓고 현우는 전화를 받았다.

"팀장님, 무슨 일이시죠?"

—매니저님! 급히 지유 씨랑 회사로 와주시면 좋겠습니다. 부탁드리겠습니다!

순간 불안감이 엄습했다.

"혹시 주로 쪽에서 찾아온 겁니까?"

—아닙니다. 아니에요. 로데 주류에서 지유 씨를 만나고 싶다고 찾아왔습니다.

"로데 주류요?!"

현우의 얼굴이 진지해졌다. 로데 주류라면 주로에 밀려 만년 업계 2위에 머물러 있는 오늘처럼의 제조사였다.

핸드폰을 내려놓은 현우가 소리 없이 웃기 시작했다. 송지유가 고개를 갸웃했다.

"왜 웃어요?"

"지유야, 지금 당장 재임 미디어 본사로 가야 할 거 같다."

"광고 들어왔어요?"

"응, 아마도?"

"아마도는 또 뭐예요?"

송지유가 현우를 흘겨보았다.

"소주 광고 들어온 거 같다."

"또 소주 광고가 들어왔어요?"

송지유의 눈동자가 커졌다.

"그래. 오늘처럼 알지?"

"알아요."

"로데 주류 쪽 관계자가 지금 재임 미디어 본사에 와 있는 모양이야. 지유 너를 직접 보고 싶다네. 일이 또 이렇게 돌아가는구나. 재밌는데?"

현우가 씩 웃었다. 나비효과라고 했던가. 맑은이슬 광고 파동이 또 이런 결과를 불러일으켰다. 젓가락을 내려놓고 현우가 먼저 일어섰다.

"차 가지고 올 테니까 조금만 기다려."

"기숙사 안 들러도 괜찮을까요?"

"괜찮아. 충분히 예뻐."

정말이었다. 수수한 옷차림에 화장도 하지 않았지만 송지유는 가만히 있어도 빛이 났다.

* * *

“매니저님, 지유 씨! 이쪽입니다!”

재임 미디어 본사에 도착하자마자 최민철 팀장이 현우와 송지유를 다급히 회의실로 안내했다.

회의실 문을 열고 들어가자 이미 익숙한 몇몇 재임 미디어 관계자들이 보였다. 그리고 상석에는 젊은 여성이 다리를 꼰 채로 현우와 송지유를 기다리고 있었다.

“로데 주류 기획 마케팅팀의 정아라 팀장이에요. 반가워요.”

정아라가 현우에게 다가와 손을 내밀었다.

“어울림의 김현우입니다.”

“TV에서 봤던 것보다 훨씬 괜찮으시네요?”

“하하. 감사합니다.”

악수를 나누며 현우는 정아라 팀장을 살펴보았다. 팀장이라는 직급과 달리 상당히 어려 보였다.

이지적인 분위기가 물씬 풍겼는데, 직장인보다는 모델이 더 어울릴 것 같은 여자였다. 현우와 악수를 나눈 정아라가 이번에는 송지유에게 손을 내밀었다.

“반가워요, 지유 씨.”

"송지유입니다."

"같은 여자가 봐도 부러울 정도로 아름답네요. 오늘 지유 씨 만나기로 한 거, 정말 잘한 거 같다는 생각이 들어요."

"감사합니다."

송지유를 바라보고 있는 정아라는 호의가 가득했다.

"일단 앉아서 자세한 이야기를 나누시죠."

최민철이 현우와 송지유를 자리로 안내했다. 회의실에는 이미 프레젠테이션 준비가 되어 있는 상태였다.

하지만 정아라가 프레젠테이션을 시작하려는 최민철과 재임 미디어 관계자들을 만류했다.

"형식적인 프레젠테이션은 하지 말기로 해요. 이미 콘티 영상은 WE TUBE에서 다 봤거든요. 그 대신 우리 로데 쪽 입장을 이야기하고 싶어요."

정아라가 최민철에게 USB 하나를 건네었다. USB를 연결하자 프로젝션 스크린으로 여러 자료들이 떠올랐다. 다리를 꼰 채로 정아라가 설명을 시작했다.

"보시다시피 우리 로데 주류가 생산하고 있는 오늘처럼의 시장 점유율은 17%를 웃도는 수준이에요. 업계 1위인 맑은이슬은 40%가 넘는 시장 점유율을 가지고 있죠."

압도적인 시장 점유율 차이에도 정아라는 아무렇지도 않다는 듯 태연하게 말을 잇고 있었다.

"일차적인 목표는 맑은이슬이 주도하고 있는 시장 점유율을 단 1%만이라도 뺏어오는 거예요. 하지만 지금까지 성공을 한 사례가 없었죠. 다들 알다시피 오늘처럼이 유일하게 내세울 수 있는 건 맑은이슬보다 여성 소비자 비율이 훨씬 높다는 점이에요."

현우는 팔짱을 낀 채 생각에 잠겨 있었다. 저번 맑은이슬 프레젠테이션에서도 신창 기획에서 똑같은 이야기를 한 적이 있었다.

"지금까지 마케팅 총력전을 펼치면서도 시장점유율 차이를 좁히지 못한 이유는 우리 로데사(社)에서 지나치게 여성 소비자만을 공략했기 때문이에요."

광고업계와는 전혀 다른 의견에 재임 미디어 관계자들이 웅성거렸다. 별생각이 없던 현우가 달라진 눈동자로 정아라를 쳐다보았다.

광고에 대해서는 잘 모르는 현우였지만 정아라는 어떻게 보면 발상의 전환을 하고 있는 셈이었다.

"지유를 통해서 남성 소비자들을 뺏어오겠다, 이 말입니까?"

현우의 질문에 정아라가 방긋 웃었다.

"매니저님이랑 저랑 생각이 같네요, 맞아요. 맑은이슬 파동이 일어나는 동안 저희 기획 마케팅팀도 가만히 있지는 않았어요. 자료 보실래요?"

프로젝션 스크린으로 주요 커뮤니티들의 반응과 포털 사이트 메인 기사들의 댓글이 빼곡하게 나타났다.

갑질 소주 맑은이슬은 앞으로 마시지 않겠다는 반응들이 엄청 많았다. 그리고 더욱 재밌는 건 로데사를 향한 대중들의 바람이었다.

—오늘처럼 뭐 하냐? 송지유 모델로 써라. ㅋㅋ

—송인배가 모델하면 맑은이슬에서 오늘처럼으로 갈아탐.

—로데 회사 게시판에 글 남기고 왔음. 갓지유 모델로 쓰라고.

—나도 홈페이지에 글 쓰고 옴. ㅋㅋㅋㅋ

"보이시죠? 실제로 홈페이지 접속이 힘들 정도로 많은 사람들이 비슷한 글들을 남기고 있어요. 매니저님은 알고 계셨죠?"

"네, 뭐."

"그럼 저희 로데 측에서 연락이 올 거라는 것도 알고 계셨나요?"

"뭐, 기대는 하고 있었죠."

그런데 이렇게 진짜로 연락이 올 줄은 몰랐었다. 하지만 현우는 어느 정도는 가능성을 높이 사고 있었다. 과거로 돌아오기 전에 실제로 이와 비슷한 사례가 있었기 때문이었다.

카레를 유독 좋아하기로 유명한 남자 개그맨이 SNS에 자주 카레 요리 사진을 올렸다. 그리고 점점 화제가 되더니 결국에는 대중들의 도움으로 카레 광고에 이어 카레 치킨 광고까지 찍었다.

“호호. 솔직하시네요?”

정아라가 현우에게 눈웃음을 흘렸다. 묘한 분위기에 그냥 웃기만 했는데 송지유가 현우의 팔을 꼬집었다.

그리고 그 짧은 순간을 정아라가 놓치지 않고 눈으로 담더니, 이내 모른 척 다시 입을 열었다.

“매니저님이 솔직한 성격이니까 저도 솔직하게 말할게요. 오늘처럼 광고 모델 계약이 한 달 후에 만료가 됩니다. 저희 로데에서는 오늘처럼의 새로운 광고 모델로 송지유 씨와 계약을 하고 싶어요.”

“음…….”

생긴 것과 다르게 일처리가 화끈한 여자라는 생각이 들었다. 미팅이 시작된 지 30분도 되지 않아 광고 모델 계약 제의를 하고 있었다.

“하지만 그 전에 짚고 넘어가고 싶은 것이 있습니다. 광고 모델이었던 김세희 씨 소속사랑은 사전에 이야기가 끝난 겁니까?”

“물론이죠. 양해를 구했어요. 소속사랑 김세희 씨에게는 충분히 보상을 했어요."

그럼 굳이 문제가 될 것은 없었다.

"좋습니다. 계약하죠. 지유 네 생각은?"

"계약한다면서요? 근데 뭘 물어요?"

얼핏 보면 송지유의 대답이 퉁명스러워 보일 수도 있었지만, 정아라는 그렇게 생각하지 않았다.

"두 분이서 유대감이 보통이 아니네요?"

"그렇게 보입니까? 하하."

"……."

현우는 웃었고, 송지유는 팔짱을 낀 채로 대답을 하지 않았다.

"계약서 가지고 왔어요."

"예?"

현우가 놀라 반문했다. 기획 마케팅팀의 팀장이긴 하지만 광고 모델 계약은 큰돈이 오고가는 계약이었다. 일개 팀장이 계약서를 가지고 와서 계약을 하자고 말을 하고 있었다.

"못 믿겠어요?"

"아뇨. 그냥 신선하고 재밌는데요?"

현우가 피식 웃었다. 뒤이어 회의실로 로데 쪽 직원들이 계약서를 가지고 나타났다.

"검토해 보세요."

정아라가 내미는 계약서를 보자마자 현우의 눈동자가 한없이 커졌다.

"2년 계약에 10억요?"

"네. 무슨 문제 있나요?"

이 정도면 톱 연예인 대우였다. 1년에 5억이니 말이다.

솔직히 현우가 예상했던 광고 모델료는 전속 계약 1년을 기준으로 2억 수준이었다. 그런데 두 배가 넘는 금액을 제시받았다. 기뻐하기도 잠시 현우의 분위기가 진지해졌다.

"일 년에 지유 행사 몇 번 뛰어야 하는 겁니까?"

"어머? 눈치 빠르시네요? 일 년에 두 번이면 충분해요. 무리한 제의는 저희도 할 생각이 없어요."

"음. 매니저 입장에서 지유가 톱 연예인 대우를 받아서 기분은 좋습니다만, 의심도 좀 되는데요?"

"물 들어올 때 노 저으라는 말 아시죠? 지금 저희 상황이 그래요. 소비자들이 지유 씨를 광고 모델로 쓰라고 홈페이지를 마비시키고 있는데, 돈 아끼다가 다른 쪽에서 채가면 큰일 나잖아요?"

틀린 말이 아니었다. 맑은이슬과 오늘처럼이 업계 1, 2위이긴 했지만, 소주를 제조하는 회사는 두 군데가 더 존재했다.

"그럼 의심은 거두겠습니다."

현우는 내심 놀랐다. 비록 같은 연예계 종사자는 아니었지만 이 여자 보통 여자가 아니었다. 일개 직원보다는 경영자 같은 느낌이 물씬 풍겼다.

"사인하실래요?"

정아라가 고급 만년필을 현우에게 주었다. 현우가 먼저 사인을 하고 송지유가 사인을 하며 광고 모델 계약이 성사되었다.

음원 수입 정산은 아직 기한이 남아 있었기에 이번 광고 모델 계약이 어울림에게는 제대로 된 최초의 수입이라고 할 수 있었다.

'10억이라. 장난 아닌데?'

이제야 좀 실감이 났다. 10억이면 어울림 같은 신생 기획사 입장에서는 어마어마한 액수라고 할 수 있었다. 연예계에서 어느 정도 자리를 잡은 중견 기획사들도 재정이 그리 좋지 못한 게 현실이었다.

하지만 현우의 수중에 10억이라는 금액이 들어왔다. 계약 조건상 송지유에게 60%의 수입이 돌아간다. 하지만 회사를 독립해 나온 현우에게 있어서 든든한 종잣돈이 될 것이 분명했다.

"매니저님도 그렇고 지유 씨도 크게 기쁘지는 않은가 봐요?"

정아라가 물었다.

"지유는 원래 성격이 이럽니다. 그리고 저는 미팅 끝나고 사무실로 돌아가서 책상 위에서 춤이라도 출 생각입니다."

"호호! 재밌는 분이시네요."

정아라뿐만 아니라 다른 사람들도 현우의 농담에 편하게 웃었다.

"팀장님, 그럼 빠른 시일 내로 광고 콘티 보내 드리겠습니다."

최민철 팀장의 말에 정아라가 고개를 저었다.

"광고 영상은 이미 준비된 거 아닌가요?"

"WE TUBE에 올렸던 콘티 영상들을 그대로 사용하신단 말입니까?"

"네. 맑은이슬 소주병이 나온 부분은 다시 찍어야 하겠지만 최대한 원본을 살려서 가고 싶어요. 대중들도 그걸 원하고 있으니까요."

"일부 장면만 재촬영 들어가면 문제없을 겁니다."

현우도 최민철에게 말했다. 여기서 새로 콘티를 짜서 전혀 새로운 광고 영상을 만든다면 의미가 없어진다.

맑은이슬 광고를 위해 만든 콘티 영상이 그대로 오늘처럼의 광고로 나갈 생각을 하니 현우는 기분이 좋았다. S&H와 주로에게 제대로 한 방을 먹이는 꼴이었다. 그러다 문득 한 가지 생각이 스쳐갔다.

"정 팀장님."

"네. 말씀하세요."

"남성 소비자들을 중심으로 마케팅 전략을 펼칠 거라고 하셨죠?"

"네."

"그럼 입간판을 제작하는 건 어떻겠습니까?"

현우를 제외한 모든 사람들이 입간판이라는 말을 이해하지 못하고 있었다.

순간 현우는 아차 싶었다. 광고 모델을 실사 사이즈로 측정해서 제작한 입간판은 몇 년 후에나 유행을 한다. 입간판 마케팅은 대박을 치게 되고, 모델로 나섰던 아이돌 그룹의 센터 멤버도 전국적인 인기를 얻을 수 있었다.

"지유를 있는 그대로 똑같이 프린팅 해서 만드는 겁니다."

"하지만 입간판은 흔한 마케팅이에요."

정아라의 말은 반은 맞고 반은 틀린 말이었다. 현우의 생각은 달랐다.

"그동안 만들었던 입간판들은 퀄리티가 형편없었죠. 지유랑 똑같이 생긴 입간판을 만들어서 식당을 중심으로 홍보를 하면 제법 반응이 좋을 겁니다."

입간판이면 입간판이지, 실사와 똑같이 생긴 입간판이 얼마나 큰 의미가 있다는 건지 다들 그 차이를 쉽게 이해하지 못하고 있었다.

"피규어 아시죠? 일본산 고가의 피규어가 왜 많이 팔리는지 아십니까? 자기가 좋아하는 만화나 게임 속 캐릭터를 완벽하게 고증해서 만들어내기 때문이죠. 그렇기 때문에 싸구려 이미테이션 피규어와는 받는 대우 자체가 다릅니다. 퀄리티 차이 하나 때문에 말입니다."

"아!"

정아라가 이제야 이해를 했다.

"오빠, 피규어 좋아했어요?"

송지유가 물었다. 현우는 고개를 저었다.

"내 취미는 아니야. 그런데 지유 너랑 똑같이 생긴 입간판이 있으면 그건 조금 욕심이 나긴 하네."

"그럼 입간판, 그거 해요."

송지유가 대뜸 말했다. 결국 입간판 제작이 결정되었다. 물론 기존의 입간판과는 전혀 다른 퀄리티를 가진 입간판이 제작될 것이다.

"오늘 미팅은 여기까지 해요. 모델료는 결정이 되는 대로 입금될 거예요. 그리고 우리 잘해봐요. 어쨌든 한배를 탄 셈이니까요."

"물론이죠. 저희 어울림도 빚을 갚아야 할 상대가 있거든요."

현우가 의미심장한 미소를 지었다.

광고 재촬영은 하루 만에 마무리가 되었고, 그날 밤 파주의 한 스튜디오에서 입간판 제작을 위한 사진 촬영이 시작되었다.

김성민 감독은 광고 재촬영이 끝난 후에도 현장을 떠나지 않았다. 포토그래퍼는 김성민 감독이 소개해 준 그의 대학 후배였는데, 예술 사진을 찍는 사람이라고 했다.

송지유를 찍게 된다는 김성민 감독의 말에 흔쾌히 파주로 달려온 것이었다.

"생각보다 젊으신데요?"

현우가 장비들을 세팅하고 있는 포토그래퍼 김범근을 보며 말했다. 옆에 서 있던 김성민 감독이 고개를 끄덕거렸다.

"대학 졸업하자마자 사진 찍는다고 이라크로 갔던 놈입니다. 괴짜는 괴짜죠."

"이라크요? 열정이 보통이 아닌데요?"

"어떤 의미에서 보면 저보다 더 이상한 놈입니다."

"네? 설마요."

현우가 농담을 건네며 씩 웃었다. 그사이 최민철과 재임 미디어 관계자들이 야식을 들고 나타났다.

김은정도 옷 여러 벌을 챙겨 송지유와 함께 등장했다. 김은정이 들고 있는 옷가지들을 본 최민철이 의문이 담긴 얼굴로 현우에게 다가왔다.

"매니저님, 저 옷들을 다 입고 촬영을 하실 생각입니까?"

"네, 그런데요?"

최민철이 조금은 곤란한 표정을 했다. 이미 입간판 제작비로 꽤 많은 금액이 들어갈 거라는 로데 주류 측의 이야기가 있었다.

“광고가 총 네 편 아닙니까? 그래서 네 가지 버전으로 입간판을 제작하면 좋을 거 같다는 생각을 했습니다. 정아라 팀장님도 좋아하시던데요?”

“그게 그렇긴 한데… 기획 마케팅팀 직원들한테 들려오는 이야기들이 있어서요.”

최민철이 한숨을 내쉬었다. 현우와 의견이 잘 맞는 정아라 팀장과 달리 다른 직원들은 재임 미디어 쪽에 은근히 불만을 터뜨리고 있었다.

막대한 광고 모델료를 지불했는데 거기다 또 입간판 제작으로 커다란 금액이 들어가게 되었다. 자신만만한 신입 팀장 정아라와 달리 직원들은 불안할 수밖에 없었다.

“일본산 피규어를 가지고 이야기를 하자면요.”

“풋!”

야식을 챙겨먹고 있던 송지유와 김은정이 동시에 웃음을 터뜨렸다. 현우가 주장했던 일본 피규어 이론은 송지유를 거쳐 어울림 내에서도 화제가 되고 있었다.

“너희들 왜 웃어?”

“웃기니까 웃는 거잖아요.”

“맞아요. 진짜 오타쿠 같았어요, 오빠.”

"오타쿠 무시하냐? 일본 문화 산업은 오타쿠들 없었으면 이미 망했어."

열변을 토하는 현우를 보며 최민철 팀장은 할 말을 잃었다. 진지한 것 같으면서도 어떨 때는 도무지 종잡을 수가 없는 남자였다. 또 틀린 말은 절대 하지 않았다.

"어쨌든 입간판을 네 가지 버전으로 만들어서 홍보하면 효과도 더 좋을 겁니다. 보통 피규어도 한 가지 버전으로만 만들어서 팔지는 않잖아요? 여러 가지 버전으로 만들어서 소비자들의 구매욕을 자극하는 거죠. 일종의 컬렉션이라고나 할까요? 명품들도 컬렉션이 있지 않습니까?"

"알겠습니다……."

최민철이 결국 고개를 끄덕거렸다. 묘하게 설득력이 있었다. 현우가 피규어 이론을 늘어놓는 사이 촬영 준비가 마무리되었다.

"촬영 들어가겠습니다."

무표정한 얼굴로 김범근이 말했다. 그리고 본격적인 촬영이 시작되었다. 송지유는 광고 속에서 입었던 의상들을 입고 사진 촬영을 했다.

별다른 말은 없었지만 김범근은 실력이 출중했다. 사진 촬영은 세 시간이 걸렸고, 새벽 4시가 되어서야 종료되었다.

"사진 퀄리티가 장난이 아닌데요? 마음에 듭니다."

모니터 속 송지유를 바라보며 현우는 감탄을 했다. 사진마다 송지유 특유의 차가우면서도 묘한 분위기가 생생하게 살아 있었다.

이 사진들로 입간판을 제작하면 훌륭한 퀄리티의 입간판이 만들어질 것 같았다.

"지유야, 너도 마음에 들지?"

"네."

송지유가 홀린 듯 모니터를 바라보며 대답했다. 김범근이 희미하게나마 웃었다.

"예. 제가 봐도 사진이 잘 나왔네요."

"당분간 한국에 계시는 겁니까? 아니면 이라크나 중동 쪽으로 가시는 겁니까?"

"이라크에서 추방당해서 이제 못 갑니다."

"아, 그래요?"

이력이 상당히 독특한 사람이라는 생각이 들었다. 사연이 궁금하긴 했지만 초면인지라 물어볼 수는 없었다.

"다음에 또 작업을 같이하는 건 어떠세요?"

"구체적으로 설명을……."

"지유, 다음 앨범 사진이나 뭐 이런 것들을 말하는 겁니다."

"아, 그런 작업이라면 송지유 씨의 사진집도 찍고 싶습니다."

별안간 사진집이라는 말에 현우는 잠깐 고민을 했다. 하지만 나쁠 것은 없어 보였다. 우리나라 연예계에서 연예인의 사진집은 그다지 큰 의미가 없었다.

하지만 송지유를 좋아해 주는 팬들을 위해서라면 언젠가 이벤트성으로 사진집을 찍어보는 것도 나쁘지는 않을 것 같았다.

"뭐, 좋습니다."

"예."

그렇게 사진 촬영이 최종 마무리되었다. 장비들을 챙기는 스탭들을 지나쳐 현우는 김성민을 찾아 봉투 하나를 건네었다.

"이게 뭡니까?"

"그때 말씀드렸지 않습니까? 제가 좀 챙겨 드리겠다고요."

"으음."

김성민이 뒷머리를 긁적였다. 봉투가 두툼한 게 액수가 꽤 커보였다. 망설이고 있는 김성민을 보며 현우가 픽 웃었다.

"광고 모델료로 10억 받았습니다."

"……!"

김성민이 크게 놀랐다. 자신과 같은 무명 감독에겐 정말 억 소리가 나오는 금액이었다.

"그렇게 큰 액수는 아니니까 부담 가지실 거 없습니다. 김범근 씨랑 후배 분들 소고기나 좀 사주세요. 그럼 조만간 또 연락드리겠습니다."

현우는 뒤도 돌아보지 않고 몸을 돌렸다. 김성민이 멀어지는 현우를 보다 봉투를 열어보았다. 5만 원짜리 지폐들이 빼곡하게 들어가 있었다.

족히 500만 원은 되어 보였다. 김성민은 현우의 등을 멍하니 바라보았다.

*　　　*　　　*

일주일이 지나 오늘처럼의 새로운 광고가 공중파 방송을 시작으로, 케이블 방송을 비롯한 여러 매스컴에 공개되기 시작했다.

로데 주류의 정아라 팀장은 정말 일을 잘했다. kobaco, 그러니까 한국방송광고진흥공사에서 광고 시간대를 구매했는데, 그 시간대가 정말 절묘했다.

걸즈파워의 맑은이슬 광고가 나가는 시간대 근처로 최대한 송지유의 오늘처럼 광고를 내보냈다. 광고가 나가는 시간대가 비슷하거나 겹치다 보니 당연히 대중들은 비교를 할 수밖에 없었다.

그리고 신기한 일이 벌어졌다. 로데 주류 버전으로 재탄생한 4개의 광고 영상보다 특별 광고 영상이 더 큰 화제를 불러일으키고 있었다.

광고 재촬영은 금방 끝이나 버렸고, 스튜디오 대여 시간이 너무 많이 남은 상황이었다. 결국 대여료가 아까워 아무런 콘티도 없이 김성민 감독이 카메라를 잡았다.

삼겹살 가게의 테이블을 사이에 두고 현우와 송지유가 다시 서로를 마주 보고 있었다. 송지유가 턱을 괴고는 현우를 쳐다보았다. 그러다 무슨 생각이 들었는지 살짝 미소를 머금었다.

"오빠, 심심하죠?"

"응?"

갑자기 송지유가 소주잔에 소주를 가득 따랐다. 그러고는 현우에게 잔을 건넸다. 얼떨결에 현우가 소주잔을 받아 들었다.

"마시라고?"

"당연히 첫 잔은 원 샷이겠죠? 반 샷 안 돼요! 반 샷 안 돼요!"

송지유가 어깨를 들썩거리며 애교 아닌 애교를 부렸다. 순간 현우가 얼어붙었다.

"뭐, 뭐 하는 거야?"

"은정이가 술 취하면 항상 하는 거예요. 좀 웃어주면 어디 덧나요? 어? 근데 찍고 있었어요?"

송지유가 눈을 동그랗게 뜨며 얼굴을 붉혔다. 스튜디오 여기저기서 웃음이 터져 나왔다.

이렇듯 현장 반응이 워낙 좋아 가볍게 찍었던 이 영상은 결국 5번째 광고 영상으로 채택까지 되었다.

주요 커뮤니티들마다 맑은이슬 광고와 오늘처럼 광고를 비교하는 게시 글이 올라왔다.

—광고 수준 차이가 ㅋㅋ 오늘처럼 광고는 영화 수준인데 ㅋㅋ

—걸즈파워는 그냥 춤만 추는데 송지유는 연기를 하네? ㅎㅎ

—갓지유 연기력이 ㅎㄷㄷ한 수준

—오늘 친구들이랑 곱창 먹으러 갔다가 오늘처럼 마심 ㅋ

—나도 마트에서 오늘처럼 사봄.

그리고 오늘처럼 광고는 또 다른 대박을 치고 있었다. 로데주류는 총 1,000개의 입간판을 제작해서 번화가에 위치한 식당 위주로 공급을 했다.

실사와 똑같이 만들어진 입간판은 지나다니는 사람들의 이목을 끌기 시작하더니 이제는 연일 화제를 불러일으키고 있었다.

로데 주류의 기획 마케팅팀이 덩달아 바빠졌다.

"입간판 추가 제작 들어가야 할 것 같습니다! 정 팀장님!"

"벌써요?"

"네! 물량이 달린다고 난리입니다!"

"1,000개 추가, 아니, 2,000개 추가 제작하세요!"

"네! 공장 측에 바로 연락하겠습니다!"

입간판을 공급받지 못한 자영업자들이 로데 주류 측에 불만을 토해내고 있었다. 가만히 보니 송지유의 입간판이 있는 가게 쪽으로 미세하게나마 손님들이 몰린다는 것이었다.

며칠이 더 지나자 입간판 도난 사건이 전국적으로 벌어졌다. 그리고 중고 거래 커뮤니티인 중고 천국에 송지유의 입간판이 매물로 올라오기 시작했다.

25533 송지유 입간판 팝니다. 15만 원 거래 원합니다.

25561 초동으로 풀린 송지유 에피소드1 입간판 20만 원에 팔아요.

"와, 이거 뭐예요? 이 사람들 다 미친 거 아니에요?"

김은정이 중고 천국 사이트를 들여다보다가 혀를 내둘렀다. 대표실 책상에 앉아 있던 현우가 피식 웃었다.

"그러니까 내가 뭐라고 했어? 오타쿠들 무시하지 말라고 했지? 그 사람들이 바보라서 피규어 몇십만 원씩 주고 사는 줄 알아?"

"지유야, 나랑 입간판 장사할래?"

"시끄러워. 혼날래?"

"힝."

김은정이 송지유에게 농담을 건네다 울상을 했다. 그때 대표실 문이 열리며 손태명과 오승석이 입간판 몇 개를 들고 나타났다.

대표실 안에도, 밖에도 송지유의 입간판은 수십 개가 넘게 있었는데 또 구해 온 모양이었다.

"또 어디서 구해 온 거야?"

"친구들 중에 구해달라는 애들이 있어서 그래."

오승석이 어색하게 웃었다. 고개를 저으며 현우가 송지유의 팬 카페를 들여다보았다.

7212 치킨 가게 하는데요. 저 입간판 4개 다 모았습니다! [치킨공주송지유]

현우가 게시 글을 클릭해 보았다. 치킨 가게 사장으로 보이는 40대 초반의 팬이 가게 앞에 세워놓은 입간판들 사이에서 브이를 그리며 웃고 있었다. 댓글들도 반응이 폭발적이었다.

—이럴 줄 알았으면 저도 장사나 할 걸 그랬네요. ㅠㅠ 팬인데 누가 훔친 입간판을 돈 주고 살 수도 없고 흑흑. [이쁘지유]

—인증 사진 찍으러 가게 놀러 가도 되나요? 회사가 근처입니다 ㅋㅋ [얼음여왕지유갓]

—저도 갑니다! 저도 가요! [파송송지유]

팬 카페답게 분위기가 훈훈했다. 그러다 한 게시 글이 현우의 눈을 사로잡았다. 닉네임 얼굴천재지유, 바로 박 팀장이었다.

7229 입간판을 공동 구매하는 건 어떨까요? [얼굴천재지유]

자영업하시는 팬분들 부러워만 할 게 아니라 로데 주류한테 연락해서 돈 주고 정정당당하게 입간판 삽시다! 어때요? 운영자님들도 찬성하시지 않을까요?

"하. 이 양반 닉네임도 그렇고 생각 하나는 기발한데?"

"박 팀장님이시네요?"

송지유도 박 팀장이 남긴 글에 관심을 보였다. 오랜만에 현우는 댓글을 남기기로 했다.

—박 팀장님. 자제 좀 해주세요. 입간판 지금 물량 모자라서 공장 풀가동 중이랍니다. 로데 쪽 사정 좀 봐주세요. [김현우]

—헐?! 대표님?! 진짜가 떴다! [연대장송지유]

—아! 그렇군요. 제가 조금 생각이 짧았습니다. ㅜㅜ 근데 지금 대표님 옆에 여왕님 계시나요? [얼굴천재지유]

—네, 회사입니다. 같이 보고 있어요. [김현우]

—세, 셀카 몇 장만 남겨주세요. 안 될까요? [고문관송지유]

송지유가 옆에 있다는 말에 댓글들이 한 번에 수십 개씩 달리기 시작했다. 현우가 쓱 송지유를 쳐다보며 물었다.

"셀카 하나 남겨줘. 팬들이 너 보고 싶단다."

"알았어요."

송지유가 핸드폰을 꺼내 들었다. 현우가 미니 냉장고에서 오늘처럼 소주병을 하나 꺼내 건넸다.

"이거 들고 찍어줘. 광고 모델인데 이 정도는 해줘야지?"

"확실히 좋은 생각이야. 기사라도 하나 더 나가면 매출도 오를 거고."

"그렇고말고."

손태명과 오승석이 나란히 현우를 거들었다. 송지유가 얼굴로 오늘처럼 소주병을 가까이하고는 셀카를 찍었다. 그리고 셀카와 함께 짤막하게 댓글을 달아주었다.

—입간판 대신 셀카 남겨요! [꽃지유]

송지유가 셀카 한 장과 함께 댓글을 남기자마자 무서운 기세로 댓글들이 달리기 시작했다.

"이 양반들 일 안 해?"

현우가 놀랄 정도였다. 뭐라 댓글을 남기려다 그만두고 현우는 손태명과 오승석을 향해 입을 열었다.

"승석아."

"응, 할 말 있어?"

"정호 형님이랑 같이 녹음실에 필요한 장비들 있으면 몽땅 사버려."

"어?! 진짜?"

오승석이 환하게 웃었다. 그동안 싸구려 장비 몇 개만 있을 뿐, 텅 빈 녹음실을 보면서 속이 참 쓰렸었다.

"얼마면 되냐?"

"다음 앨범을 직접 준비하려면 못해도 1억 정도는 필요해. 괜찮겠어?"

"알았어. 법인카드 줄 테니까, 좋은 걸로 사라. 금액이 오버되더라도 쫄지 말고 사버려. 알았지?"

"고맙다, 김 대표!"

"이럴 때만 대표냐?"

현우가 쓰게 웃었다. 그래도 아이처럼 좋아하는 오승석을 보니 기분이 좋았다. 작곡이나 편곡 등 녹음 장비들의 값이 만만치 않았지만, 돈을 아낄 생각은 없었다.

회사에 투자를 아끼는 순간 치열한 연예계에서 도태될 것이 분명했다.

“지유, 너는 이제 집 알아봐야지. 할머니랑 동생도 서울로 부른다며?”

“네. 시간 나면 오빠랑 같이 집 보러 다닐래요.”

“오케이.”

보통 어린 나이에 큰돈을 손에 쥐게 되면 연예인들은 크게 달라지고는 한다.

워낙 송지유를 믿었기에 큰 걱정은 하지 않았지만, 내심 현우도 걱정을 안 할 수가 없었다.

하지만 기특하게도 송지유는 가족과 함께 살 집부터 장만한다는 말을 했다.

“기특한 녀석.”

현우가 송지유의 머리를 쓱쓱 쓰다듬었다.

“그나저나 주로랑 S&H 쪽은 난리가 난 거 같더라.”

손태명이 현우에게 말했다.

“난리도 그런 난리가 없을걸?”

현우가 씩 웃으며 말했다.

*　　*　　*

S&H보다 더 큰 타격을 입은 쪽은 주로였다. 맑은이슬 광고가 오늘처럼 광고와 적나라하게 비교가 되면서 새 광고 효과는커녕 갑질 기업 이미지에다 무능한 이미지까지 겹쳐져 대중들에게 가루가 되도록 까이고 있었다.

S&H도 해명 보도 자료를 내보낸 다음부터는 잠잠해 보였지만, 매니지먼트 1팀은 초상집 분위기나 다름없었다. 걸즈파워의 대외적인 이미지에 손상이 갔을 뿐 아니라, 어울림과 송지유를 더욱 부각시켜 주는 들러리 역할이나 하게 되었다.

그리고 연예계와 방송가에서 'S&H가 어울림을 얕보다가 제대로 얻어맞았다'라는 이야기가 공공연하게 돌아다녔다. 거대 기획사 S&H의 명성에 금이 간 것이었다.

"심각하군, 심각해."

이장호 회장이 굳은 얼굴을 하고 있었다. 이석우 실장은 이장호 앞에서 고개조차 제대로 들지 못했다.

"죄송합니다. 회장님."

"흐음. 자네가 어울림을 너무 쉽게 봤어. 내가 충고하지 않았나."

"죄송합니다. 드릴 말씀이 없습니다."

"뭐 따지고 보면 자네 잘못인가? 외국만 돌아다닌 내 잘못이지.”

이장호가 의자에서 일어나 창밖을 내다보았다.

“젊은 매니저의 단순한 패기가 아니었어.”

쓴웃음이 나왔다. 첫 만남에서 회사를 인수하겠노라고 제안을 했으니 처음부터 거리를 둔 꼴이었다.

그리고 이번 광고 파동까지 겹치게 되었으니 당분간은 어울림과 좋은 관계를 유지하지는 못할 것이다.

“재밌는 녀석이야. 그 녀석 때문에 연예계가 조금 시끄러워질 수도 있겠군.”

그럼에도 이장호는 현우의 어울림을 경쟁자라고까지는 생각하지 않았다. S&H 말고도 대한민국 가요계에는 거대 기획사가 두 군데나 더 존재했다.

그리고 자신이 이룩한 S&H는 광고 파동이 났다고 해서 무너질 곳이 절대 아니었다.

*　　　*　　　*

이른 새벽, 인천 국제공항으로 초록색 봉고차가 스르르 나타났다. 현우와 송지유에 이어 연습생 아이들도 봉고차에서 모습을 드러내었다.

혹시 기자나 알아보는 팬들이 있을까 현우는 급히 송지유에게 모자를 씌우고 선글라스까지 쓰게 했다.

—현우야, 도착했어?

"어. 도착했다. 다녀올 테니까 박 팀장님한테 나머지 공사 대금 처리해 주고, 무형 제작진한테 네 번호 가르쳐 줬으니까 스케줄 변동 사항 있으면 바로 연락해 줘."

—알았어, 걱정 마. 후우… 그나저나 잘 해결되겠지?

현우는 다소곳하게 서 있는 이솔을 슥 보며 입을 열었다.

"잘될 거야. 그럼 도착해서 또 연락할게."

—응. 애들 잘 챙겨줘, 부탁한다.

"이제 내 아이들이기도 해. 그러니까 걱정 마라."

툭. 현우가 전화를 끊었다. 사람들이 알아보기 전에 얼른 탑승 수속을 마쳐야 했다.

"가자, 얘들아."

"네!"

"쉿. 조용히 하고."

현우가 송지유와 아이들을 이끌고 공항 청사로 향했다.

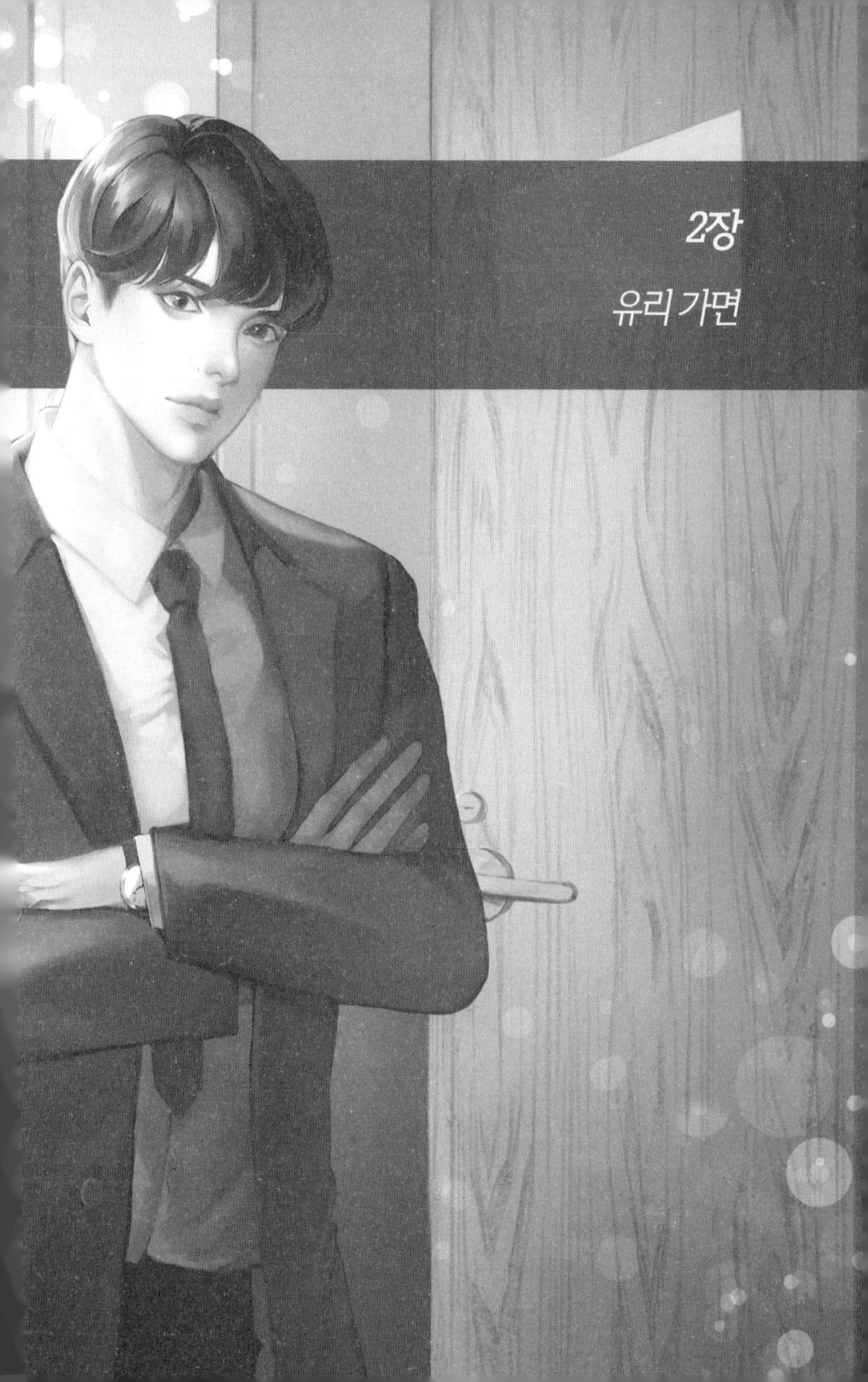

2장

유리 가면

"멍청이, 바보."

"사기꾼보다는 멍청이랑 바보가 훨씬 듣기 좋네."

현우가 미안한 표정을 하며 머리를 긁적였다. 나름 가린다고 가렸는데 공항에 들어가자마자 사람들이 송지유를 알아보기 시작했다.

자체 발광 미모 탓도 있었지만, 가장 큰 원인은 현우에게 있었다. 무형을 통해 얼굴이 알려져 사람들이 현우를 알아보았기 때문이었다. 그래도 사람들의 협조를 받아 무사히 비행기에 탑승할 수 있었다.

송지유가 비행기에 탑승하자 승객들이 난리가 났다. 송지유는 좌석에 앉기가 무섭게 사인을 하느라 정신이 없었다. 테이블 위로 승무원들이 구해 온 A4 용지가 쌓여 있었다.

"몇 장 남았어?"

"이제 여섯 장 했어요. 아직 멀었어요."

"힘들지 않아?"

현우가 넌지시 물었다. 송지유가 고개를 저었다.

"힘이 왜 들어요? 저를 좋아해 주시는 분들이잖아요."

"하하. 그래야지. 송지유 인성 하나는 마음에 든다."

현우는 만족스러운 얼굴로 송지유의 머리를 쓱 쓰다듬었다.

"치워요."

송지유가 현우의 손을 탁, 하며 쳐냈다.

"그리고 누가 나 가지고 시험해 보랬어요?"

"아니, 넌 소중하니까."

"얼렁뚱땅 넘기지 말아요, 사기꾼."

송지유가 흘겨보고 있었지만 현우는 기분이 좋았다. 만약 송지유가 팬들의 사인 요청을 귀찮게 생각했더라면 적잖이 실망을 했을 것이다.

"선배님, 진짜 부러워요."

김수정과 아이들이 부러운 얼굴로 송지유를 쳐다보고 있었다. 연습생 신분인 아이들은 오늘 송지유의 인기를 실감하고 있었다. 현우가 피식 웃었다.

"열심히 해. 그럼 너희들도 지유처럼 될 수 있을 거야."

"정말이죠? 거짓말 아니죠?"

"내가 하나, 너를 상대로 거짓말을 왜 하냐?"

"아얏!"

현우가 콩, 배하나의 이마에 꿀밤을 날렸다.

"헤헤. 약속했어요?"

그저 해맑은 배하나였다.

아직 아이들에게는 오디션 프로에 대한 말을 하지 않은 상태였다. 이솔 때문이었다. 무대 공포증이 있는 아이에게 오디션 프로에 출연을 할 수도 있다는 말은 엄청난 중압감으로 다가올 것이 분명했다.

'잘 해결되겠지?'

현우가 다소곳하게 앉아 있는 이솔을 바라보았다. 눈이 마주치자 이솔이 화들짝 놀랐다.

"솔아, 잘할 수 있지?"

"네. 할 수 있어요. 이렇게까지 도움을 주시는데, 최선을 다 할 거예요."

"그래. 걱정은 하지 마. 그리고 모처럼 일본에 가는 거니까 먹고 싶은 건 다 사줄게."

"진짜요?!"

배하나가 끼어들었다. 꿀밤을 날리려다 현우는 그냥 웃었다. 다른 아이들도 눈동자가 초롱초롱했다.

"하나, 요즘 너 살쪘더라?"

"어?! 어떻게 아셨어요?"

창피해하기는커녕 배하나가 놀라워했다. 그동안 광고 스케줄 때문에 유독 바빴던 현우였기 때문이었다.

아이들을 이끄는 리더 격인 김수정의 얼굴이 덩달아 밝아졌다. 현우가 바쁜 와중에도 자신들을 신경 쓰고 있다는 것을 깨달았기 때문이었다.

"어떻게 알긴? 딱 봐도 얼굴이 보름달처럼 동그란데."

"그건 수정이잖아요."

"야! 수정이 까지 마. 너 진짜 살쪘어!"

이지수가 배하나의 볼을 쭉 늘리며 말했다.

"지수가 잘 봤구나. 하나는 좀 자제해서 먹자. 근데 지수 너도 마찬가지야."

현우의 말에 두 아이가 울상을 했다.

"대표님 치사해요! 이게 다 하나, 너 때문이잖아!"

이지수는 억울하다며 배하나의 옆구리를 찔러댔다. 결국 보다 못한 송지유가 한마디를 했다.

"내가 돈 더 많으니까, 내가 다 사줄게. 그러니까 조용히 좀 해. 여기 비행기 안이야."

"선배님 최고예요!"

이지수와 배하나가 정말 신나 했다. 송지유의 말이 딱히 틀린 말은 아니었기에 현우는 기분 좋게 웃기만 했다.

* * *

도쿄 나리타 공항에 도착한 현우 일행을 커다란 승합차 한 대가 기다리고 있었다.

"안녕하세요?! 김현우 대표님이랑 송지유 님 맞으시죠?!"

한국인 청년 한 명이 현우와 송지유를 격하게 반겼다. 현우가 먼저 손을 내밀었다.

"박수호 씨 반가워요, 김현우입니다. 어떻게 한 번에 알아보네요?"

"당연하죠! 직접 뵙게 되어 영광입니다! 실례가 되지 않는다면 지유 님이랑 악수를 할 수 있을까요?"

"안녕하세요, 송지유입니다."

"예, 예!"

송지유와 악수를 나눈 박수호의 얼굴이 붉어졌다.

박수호는 일본 유학생으로 손태명의 고등학교 1년 후배였다. 그리고 이번에 가이드 역할을 해줄 친구였다.

"태명이랑 친하다면서요? 그럼 나한테도 편하게 형이라고 해요."

"저야 좋죠! 그러면 형님이라고 하겠습니다."

"그래, 그럼."

"형님, 그럼 여기 이분들은?"

박수호의 시선이 아이들에게로 향했다. 평범한 학생들이라고 보기에는 눈에 띄는 외모를 가지고 있었다.

"우리 회사 연습생들이야."

"저, 정말요?"

박수호가 놀란 눈으로 아이들을 바라보았다. 현우가 손목을 들어 시계를 확인했다.

"시간이 별로 없어. 자세한 이야기는 가면서 하고, 일단 타자."

"예! 타세요! 저 수송대 운전병 출신입니다! 운전 잘합니다!"

박수호는 상당히 유쾌한 성격을 가지고 있었다. 현우는 먼저 송지유와 아이들을 뒷좌석에 태우고 조수석으로 올라탔다.

목적지는 일본에서 정신 심리학 박사로 저명한 야마구치 케이로의 개인 병원이었다. 현우는 백미러로 창밖을 보고 있는 이솔을 살펴보았다. 모처럼 일본에 왔는데도 표정이 썩 좋지 않았다. 덩달아 현우의 마음도 무거워졌다.

'일본 유명 연예인들도 자주 찾는 의사라니까, 일단 믿어보자.'

지금으로선 닥터 야마구치에게 모든 기대를 걸어야 했다. 굳이 바쁜 스케줄을 뒤로하고 비행기를 타고 일본까지 온 이유였다. 닥터 야마구치는 연예인들의 공황장애나 대인 기피증, 우울증 같은 정신 질환에 대해 많은 논문까지 발표한 학계 권위자였다.

병원에 도착하자 나이가 지긋한 노의사가 현우 일행을 직접 맞아주었다. 권위자라는 명성과 다르게 개인 병원은 아담했다. 간호사 한 명이 전부였다. 이미 이솔의 프로필을 받아본 닥터 야마구치가 이솔과 일본어로 간단하게 인사를 주고받았다.

"김현우입니다. 우리 솔이 잘 부탁드립니다."

박수호가 통역을 해주었다. 현우의 말을 전해 들은 닥터 야마구치가 인자한 미소를 지었다.

"걱정 마세요. 미라이시 양을 성심성의껏 진료하겠습니다. 그럼 대기실에서 기다려 주세요. 상담을 해야 합니다. 그리고 조금 시간이 걸릴 겁니다."

"알겠습니다. 그럼 부탁드리겠습니다."

현우는 눈높이를 낮춰 이솔의 눈동자를 마주했다.

"마음 편하게 잘하고 와. 선생님이 잘 들어주실 거야."

"네, 다녀올게요."

"솔아!"

배하나를 시작으로 아이들이 그렁그렁 눈물을 머금고 이솔을 따듯하게 안아주었다.

"힘내."

송지유도 짧지만 진심 어린 응원을 했다. 이솔이 밝게 웃으며 진료실로 들어갔다. 현우는 대기실에 앉아 진료실 문만을 쳐다보았다. 괜히 오늘따라 담배가 고팠다.

시간이 얼마나 흘렀을까. 두 시간 정도가 훌쩍 흘러서야 이솔이 진료실에서 나왔다. 박수호가 얼른 일어나 닥터 야마구치와 대화를 나누었다.

"형님, 보호자만 들어오라고 하시네요."

"알았어."

현우가 박수호와 함께 진료실 안으로 들어갔다.

"미라이시 양은 일종의 Social Phobia(소셜 포비아) 증상이라고 할 수 있습니다. 다른 말로는 사회 공포증이라고 합니다."

닥터 야마구치가 최종 진단을 내렸다. 사회 공포증은 현우로서는 처음 들어보는 병명이었다.

그나마 다행인 것은 이솔이 공황장애 같은 심각한 정신 질환은 아니라는 점이었다.

"자세한 설명을 부탁드리겠습니다, 선생님."

"사회 공포증은 특정한 사회적인 상황이나 활동 상황에 맞닥뜨리면 반사적으로 공포 반응을 보이는 것이라 할 수 있어요. 미라이시 양 같은 경우는 연단 공포 체크에서 10점 만점에 7점이라는 높은 점수를 기록했습니다."

"연단 공포가 뭐죠, 선생님?"

"쉽게 설명하자면 낯선 사람들 앞에서 발표를 한다거나 노래를 부르는 것을 두려워하는 것을 말하는 겁니다. 무대 공포증이라고 보면 됩니다."

통역을 전해 들은 현우가 고개를 끄덕거렸다. 닥터 야마구치의 진단은 정확했다.

이솔은 유독 낯선 사람들 앞에서 노래를 부르는 것을 두려워했다. 이미 친해진 아이들과는 아무렇지도 않게 연습을 하면서 말이다.

"치료 방법이 있습니까?"

"음. 인지 행동 치료와 약물 치료를 병행해야 할 것 같군요. 일본에 얼마나 머물 생각입니까?"

"길어야 일주일 정도입니다."

"안타깝군요. 제 손녀랑 똑같은 나이라 직접 치료를 하고 싶었는데 말입니다… 대신 내가 한국 쪽에 치료를 담당해 줄 사람을 추천해 주겠습니다."

통역을 전해 들은 현우의 얼굴이 밝아졌다. 저명한 권위자인 닥터 야마구치가 추천을 해주는 사람이라면 믿을 수 있었다.

"치료 기간이 얼마나 걸리겠습니까?"

"장담하지 못합니다. 정신과 치료는 항상 본인의 의지가 가장 중요한 법이지요. 다만 미라이시 양의 의지가 강하니 치료 기간을 상당히 단축할 수 있을 겁니다."

현우는 생각에 잠겼다. 오디션 프로 녹화까지 길어야 2개월 정도밖에 시간이 남아 있지 않았다. 시간이 촉박했다.

'그렇다고 해서 다른 아이들만 오디션 프로에 내보낼 수는 없어.'

만약 이솔을 제외한다면 무대 공포증은 더욱 심해질 것이다. 송지유처럼 황금빛 후광을 보였던 아이였다.

또 그렇지 않다고 해도 어울림의 대표로서 이솔을 포기할 수는 없었다. 현우의 시선이 닥터 야마구치를 향했다.

"인지 행동 치료에 대해 알고 싶습니다."

"간단합니다. 유사한 상황에 지속적으로 노출을 시키는 겁니다. 하지만 인지 행동 치료가 약물 치료보다 훨씬 고통스러울 겁니다. 실제로 환자들 중에서도 약물 치료에만 의존하는 경우가 많지요. 걸 그룹 연습생이라고 했죠?"

"그렇습니다."

"그럼 소극장 공연은 어떻겠습니까? 제 환자 중에서도 소극장에서 적은 인원들을 모아놓고 공연을 하고, 점점 크기를 넓혀가 지금은 무대 공포증을 극복한 유명 아이돌이 있습니다. 아, 누군지는 밝히지 못합니다. 제 환자의 개인 정보니까요."

닥터 야마구치의 말을 전해 들은 현우의 얼굴로 희망이 어렸다. 현우도 일본에 오기 전에 길거리 공연을 생각해 본 적이 있었다.

하지만 혹시나 이솔의 증상을 악화시킬까 망설이고 있던 참이었다. 그런데 닥터 야마구치가 소극장 공연을 권유하고 있었다.

"오늘 감사했습니다. 일본에 있는 동안 매일매일 진료를 받고 싶습니다만."

"물론입니다. 의사가 환자를 외면할 수는 없지요. 그리고 미라이시 양에게는 내색을 하지 않는 게 좋을 겁니다. 무대 공포증이라는 말은 가능하면 하지 마세요."

"알겠습니다. 감사합니다, 선생님."

현우가 인사를 하고 진료실을 나섰다.

"오빠, 뭐라고 해요? 심각해요?"

송지유가 물었다. 불안해하고 있는 이솔 대신 송지유가 직접 물었다.

현우는 일부러 아무렇지도 않다는 듯 씩 웃어 보였다.

"공황장애는 아니야. 그냥 일종의 트라우마? 그 정도라는데?"

"그래요?"

"다, 다행이다! 솔아!"

"진짜 다행이야!"

송지유와 아이들이 안심을 했다. 이솔도 불안했던 표정이 많이 풀렸다.

"내일 상담 또 받을 거고, 며칠 치료받으면 좋아질 거라고 하시네. 다들 배고파?"

"아주 조금요?"

배하나가 말했다.

"하나가 그 정도면 다들 배부르다는 소리니까, 일본 온 김에 구경 좀 하자. 아키하바라 가볼래?"

"아키하바라? 거기 게임이랑 피규어 파는 곳 아니에요?"

송지유가 물었다.

"뭐 그럴걸?"

"거기 볼일 있어요?"

"피규어 살 건 아니니까 걱정하지 말고 일단 가자. 자세한 건 도착해서 이야기해 줄 테니까, 가자, 수호야."

"예, 형님."

* * *

아키하바라. 일본 오타쿠들의 성지라 불리는 곳이었다. 거리에는 게임 스토어와 피규어 스토어가 줄지어 자리를 잡고 있었다.

사람들이 정말 많았다. 전단지를 들고 홍보를 하고 있는 메이드 카페의 여직원들을 커다란 가방을 멘 오타쿠들이 신나게 찍고 있었다.

"와아. 여기 진짜 신기하다."

김수정과 아이들이 창문에 달라붙어 연신 감탄을 했다. 평일이라 다행히 승합차가 진입을 할 수 있었다.

"여기 어디거든요? 어디에서 봤더라? 아! 저기에 있네요!"

승합차가 소극장 앞에서 멈추었다. 승합차에서 내린 현우는 무작정 지하 소극장으로 내려갔다.

"네? 소극장을 대여하겠다고요?!"

통역을 전해 들은 소극장 직원이 휘둥그레 눈을 크게 떴다. 한국인 관광객이 다짜고짜 소극장을 대여하겠다고 말했다. 그것도 황금 시간대인 저녁 8시에서 9시를 요구하고 있었다.

"곤란합니다. 스케줄은 비어 있지만… 당장 오늘이라도 공연이 잡힐 수도 있고, 또 손님께서는 실례지만 공연을 하실 만한… 분이 아닌 것 같은데요?"

"그럼 설마 제가 춤추고 노래를 부르겠습니까? 저희 회사 아이들이 공연을 할 겁니다."

"그래도 곤란합니다… 외국인이 공연을 한 적이 한 번도 없었어요."

직원은 정말로 곤란해했다.

"기다려 봐요."

현우가 결국 소극장 계단을 통해 밖으로 나갔다. 당황한 직원이 박수호에게 물었다.

"유학생이라고 하셨죠? 저분 진짜 매니저 맞습니까?"

"맞아요. 한국에서 요즘 엄청 유명하신 분이에요. 걸즈파워 알죠?"

"걸즈파워? 당연히 알죠! 한류 아이돌이잖아요. 저는 유나 좋아합니다."

직원의 말에 박수호가 자랑스러운 얼굴을 했다.

"일본에는 아직 알려지지 않았는데, 현우 형님이 데리고 있는 소속 가수가 요즘 한국에서 제일 인기가 많아요. 심지어 걸즈파워 유나보다 훨씬 예쁩니다."

"에이! 설마요. 그렇게 대단한 사람들이 여길 왜 옵니까? 여긴 끽해봐야 지하 아이돌이 공연을 하는 곳인데요."

지하 아이돌. 아키하바라 같은 번화가에서 소극장을 빌려 공연을 하는 아마추어 무명 아이돌을 말했다.

취미 삼아 지하 아이돌을 하는 사람들이 대다수였지만 그중에는 메이저 소속사에 발탁되기를 꿈꾸는 사람들도 있었다. 또 그런 지하 아이돌을 관리하는 매니저도 존재했다.

"진짜라니까요. 제가 왜 거짓말을 해요?"

박수호의 말이 끝나기 무섭게 현우와 아이들이 소극장 안으로 들어섰다.

"헉!"

소극장 직원이 얼어붙었다. 그동안 소극장에서 아르바이트를 하며 무명 아이돌을 숱하게 봐왔다. 하지만 여기 이 다섯 명의 한국 소녀들은 차원이 달랐다.

'현실의 여자들 따위가 2D를 이길 수 있을 리가 없다고 생각했는데!'

손이 덜덜 떨렸다.

"여기 이 아이들이 우리 회사 연습생들입니다. 소극장 대여… 가능합니까?"

"무, 물론입니다! 저녁 8시에서 9시로 빼드리겠습니다."

벌써부터 매출이 기대가 될 정도였다. 통역을 마친 박수호가 한마디를 더했다.

"그것 봐요. 내가 진짜라고 했죠? 비싼 돈 내고 일본 유학 와서 내가 왜 거짓말을 하겠어요? 어? 지유 님도 오시네요. 저기 저분이에요. 요즘 한국에서 가장 핫한 가수."

"……."

송지유까지 등장하자 급기야 직원이 들고 있던 펜과 대여 계약서를 떨어뜨리고 말았다.

계약은 일사천리로 이루어졌다. 저녁 8시에서 밤 9시까지의 황금 시간대에, 내일부터 총 3회 공연을 열기로 했다.

소극장 직원이 홍보 전단지를 제작해 주었다. 홍보 전단지라고 해봐야 별거 없었다. 소극장 직원이 아이들의 사진을 찍어주었고, 컴퓨터로 작업을 한 후에 총 250장을 인쇄했다.

"전단지를 돌려서 직접 공연에 올 관객들을 모집하시면 됩니다. 좌석이 200석이니까 전단지는 충분할 겁니다. MR은 저희 소극장 메일로 보내주세요. 제가 준비해 놓겠습니다. 그럼 부디 잘되시기를 바랄게요."

소극장 직원의 설명이 끝이 났다.

현우는 소극장 대여료를 지불하고 밖으로 나왔다.

"대표님, 저희 진짜 여기서 공연하는 거예요?"

승합차에 타자마자 김수정이 현우에게 물었다. 현우는 고개를 끄덕거렸다.

"일본 와서 너희들 추억도 만들어줄 겸 생각 좀 해봤지. 그리고 소극장 공연은 라이브 무대야. 너희들 호흡을 맞추는 데 도움도 많이 될 거다. 또 솔이한테도 여러모로 도움이 많이 될 거야."

현우가 아이들을 살펴보았다. 김수정도 그랬고 다른 아이들도 표정들이 무거워 보였다.

"너희들 설마 겁먹은 거야?"

"조금요. 조금 무서워요."

김수정이 아이들을 대표해서 말을 하고 있었다.

'어쩔 수 없나.'

지레 겁을 먹고 있는 아이들에게 동기부여가 필요했다. 억지로 소극장 공연을 시킬 생각은 없었다. 현우가 송지유를 쳐다보았다.

"지유야, 어떻게 할까? 애들한테 지금 말해줄까?"

새 오디션 프로에 대해서 알고 있는 사람은 지금까지는 현우와 송지유, 손태명 단 셋뿐이었다.

이진이가 철저하게 보안을 지켜달라 했기 때문이었다. 잠시 생각하더니 송지유가 고개를 끄덕거렸다. 아이들의 시선이 송지유에서 현우에게로 모아졌다.

"음… 곧, 발굴 뉴 스타가 폐지될 거야."

아이들이 깜짝 놀랐다.

"발굴 뉴 스타가 폐지되면 새 오디션 프로그램이 들어갈 거야. 그런데 조금 방식이 달라. 참가자들은 걸 그룹 지망생들이야. 기획사 소속 연습생뿐만 아니라 아이돌을 꿈꾸는 사람이라면 누구든 참가가 가능하지. 총 121명의 걸 그룹 지망생을 모집할 거고, 미션을 통해서 순위를 정해 최종 순위 1등부터 13등까지만 걸 그룹으로 정식 데뷔를 시킬 거야."

"네에? 정말요?"

"진짜예요, 대표님?"

이솔을 제외한 네 명의 아이들은 얼마 전까지만 해도 S&H 소속으로 핑크플라워 2군에서 데뷔를 앞두고 있었다.

어린아이들이긴 했지만 새롭게 편성되는 이 오디션 프로가 자신들에게 얼마나 큰 기회인지를 모를 리가 없었다.

"너희들이 저번에 말했었지? 핑크플라워를 꺾고 가요 무대에서 1위를 하는 게 목표라고 말이야. 너희들 대표로서 말하자면 이번 오디션 프로는 너희들 인생을 바꿀 수 있는 기회야. 그리고 나도 이번 오디션 프로가 성공할 거라고 예상하고 있어. 메인 피디랑 메인 작가가 무형 출신들이거든. 특히 이진이 작가님은 나도 인정하는 사람이고."

이진이가 보내온 오디션 프로 기획안을 보자마자 현우는 크게 놀라야 했다.

과거로 돌아오기 몇 년 전에 큰 화제를 낳았던 인기 오디션 프로와 포맷이 흡사했기 때문이었다.

심지어 프로그램 명칭도 비슷했다. 기획안 속 오디션 프로의 제목은 '프로듀스 아이돌 121'이었다.

'이진이 작가의 미래를 내가 바꿔 버린 셈인가?'

만약 무형이 아닌 발굴 뉴 스타 팀에서 실패를 했었더라면 이진이의 성공은 훨씬 늦어졌을 것이란 생각이 들었다.

현우라는 존재가 조금씩 주변 사람들의 미래를, 그리고 더 나아가 연예계의 흐름까지 바꾸고 있었다.

"어쨌든, 너희들은 이제 우리 어울림의 대표 걸 그룹이 될 거야. 그런데 오디션 프로 나가서 지금처럼 겁만 먹을 거야? 소극장 좌석을 다 채운다고 해도 겨우 200명이야. 오디션 프로? 그보다 훨씬 많은 사람들이 너희들을 지켜볼걸? 자, 어떻게 할래? 소극장 공연 포기할 거야? 포기한다고 해도 절대로 뭐라고 하지 않을게. 그럼 선택해."

현우는 냉정하게 아이들을 몰아세웠다.

무대 공포증을 가지고 있는 이솔도 그랬고, 다른 아이들도 심리적으로 위축이 되어 자신감이 떨어져 있는 상태였다.

"나도 알아. 너희들이 사람들 앞에서 춤추고 노래하고 싶어 하는 거. 그런데 두려운 거야. 사람들이 비웃을까 봐. 그렇지?"

"…맞아요."

김수정이 고개를 푹 숙이고 말했다. 현우가 씩 웃었다.

"다들 고개 들어. 난 핑크플라워나 걸즈파워보다 너희들이 훨씬 낫다고 본다."

"진짜로요?"

"그래, 녀석아."

현우가 배하나의 머리를 콩 때렸다.

"혹 생겨요! 혹!"

"살짝 건드리기만 했는데 무슨 혹이야? 하나, 너 요즘 좀 뻔뻔해졌다? 계란찜 시켜줄 때의 그 해맑은 모습은 어디로 갔냐?"

"그거 다 연기예요. 하나가 바보는 맞는데, 연기로 사기는 잘 쳐요."

이지수의 말에 배하나가 울상을 했다. 무거웠던 분위기가 조금이나마 풀어졌다. 조용히 듣고만 있던 유지연이 아이들을 보며 현우에게 말했다.

"저희 소극장 공연 할래요. 아니, 하고 싶어요."

"잘 생각했어. 저녁 일찍 먹고 호텔에서 쉬자. 특별히 와규 사줄게. 다들 어때?"

"소고기! 소고기!"

배하나를 시작으로 아이들이 정말 좋아했다. 가난한 유학생인 박수호도 덩달아 좋아했다.

* * *

비싼 와규로 든든히 식사를 마치고 현우 일행은 예약해 놓은 호텔에 체크인했다.

현우는 송지유와 아이들에게는 스위트룸을 하나 잡아주었다. 아이들이 침대 위에서 방방 뛰며 좋아했다. 스위트룸을 나서기 전 현우는 이솔을 따로 불렀다.

"내일 소극장 공연, 할 수 있겠어?"

현우의 목소리가 부드러웠다.

"언니들만 무대에 세우고 저만 빠질 수는 없어요. 그리고 소극장 공연 하고 싶어요. 할 수 있어요. 그러니까 공연하게 해주세요."

"그래, 용감하다. 우리 솔이."

현우가 이솔의 어깨를 다독여 주었다. 닥터 야마구치의 말대로 이솔 본인의 의지가 매우 강했다. 현우는 내일 이솔에게 기대를 걸어보기로 했다.

호텔 방으로 돌아와 현우는 간단하게 샤워를 마치고 편의점에서 사온 맥주 한 캔을 땄다.

시원한 맥주를 마시자 하루의 피로가 씻기는 것 같았다. 평상복으로 갈아입고 침대에 누워 현우는 손태명에게 전화를 걸었다.

"응. 나야. 조금 전에 숙소 들어왔다."

—벌써? 아직 8시밖에 안 됐잖아? 아, 솔이 쉬게 해주려고?

"뭐 그렇기도 한데, 내일부터 아이들 소극장에서 공연할 거야."

—공연? 소극장에서 공연을 한다고? 솔이 괜찮겠어?

"의사가 추천해 준 치료 방법이야. 다른 아이들 무대 경험도 쌓을 겸 그렇게 됐다."

—하여간 현우 너는 못 쫓아가겠다.

핸드폰 너머로 손태명이 혀를 내두르고 있었다. 현우는 맥주를 마저 입으로 털어 넣었다.

"새로 들어온 스케줄은 없어?"

—너도 알고 있겠지만 오늘처럼 광고가 생각보다 반응이 너무 좋아. 광고가 몇 개 더 들어오긴 했는데, 내 생각에는 커피 광고랑 화장품 광고는 꼭 해야 할 것 같아. 결정은 네가 하겠지만 말이야.

"널 믿지. 커피랑 화장품 광고는 지유 귀국하면 바로 진행하게 스케줄 조정해 줘."

—알았어. 근데 나랑 승석이 버려두고 일본 가니까 좋아?

현우가 픽 웃었다.

"좋기는, 다 일이라고 일. 귀국할 때 도쿄 바나나라도 사다 줄게."

똑똑. 갑자기 누군가가 문을 두드렸다.

"누가 왔나 본데? 내일 또 통화하자."

—알았어. 애들 공연 영상 찍어서 보내줘.

"오케이."

침대에서 일어나 현우는 문을 열었다. 송지유였다.

"왜? 잠자리 불편해?"

"내가 그런 거 따질 거 같아요?"

"그럼 맥주라도 하나 줘?"

송지유가 고개를 저었다.

"아이들이 내일 공연에서 보여줄 춤이랑 노래 연습한다고 난리예요. 그래서 왔어요."

"그, 그래서? 너… 여기서 잔다고? 지유야, 아무리 너랑 나랑 친해도 그건 좀 아닌데? 기자라도 따라왔으면 우리 둘 다 매장이야. 매장. 아악!"

현우가 비명을 질렀다. 송지유가 팔뚝을 꼬집었기 때문이었다.

"무슨 말을 하는 거예요? 심심하니까 나랑 놀아달라는 말이잖아요. 밖에 나가서 구경해요. 나 살 거 있어요."

"아, 쇼핑한다고? 알았어. 가자."

현우는 송지유에게 이끌려 호텔을 나섰다. 쇼핑의 메카답게 시부야는 화려한 쇼핑몰이 여럿 있었다.

현우는 송지유를 따라 쇼핑몰 안으로 들어섰다. 오기 전에 어느 정도 사전 조사를 해왔는지 송지유는 능숙하게 현우를 끌고 다녔다.

"이거 살래요."

"그래."

"이것도 살게요."

"좋아."

"그것도 살래요."

"얼마든지."

송지유는 끊임없이 옷을 사들였다. 현우의 양손에 쇼핑백이 점점 늘어났다.

"이거 어때요?"

송지유가 원피스 하나를 가리키며 물었다.

"지유야, 너 쇼핑 이렇게까지 좋아하는 줄은 몰랐다. 이 옷도 산다고?"

"내가 패션디자인학과 학생인 거 잊었어요? 은정이가 부탁한 옷들도 있어요. 그리고 지금까지 산 옷들 중에 절반은 오빠 거예요."

"그, 그랬어?"

현우가 미안함에 머리를 긁적였다. 송지유가 한숨을 푹 내쉬었다.

"광고 찍고 나서 생긴 오빠 별명이 뭔 줄 알아요?"

"뭔데?"

"스티브 현우라고 사람들이 그러잖아요."

"스티브 현우?"

순간 세계적인 스마트폰 제조 회사의 CEO가 떠올랐다. 그는 혁신적인 CEO로도 유명했지만, 프레젠테이션 때마다 똑같은 옷차림을 하는 것으로 유명했다.

현우도 매번 같은 옷차림을 하는 것으로 정평이 나 있었다. 그나마 체크 남방이 여러 벌 있다는 것이 그와는 다른 점이었다.

"하아. 스티브 현우라고? 진짜 너무들 하네."

"오빠가 너무한 거예요. 그러니까 옷 갈아입고 와요."

"…귀찮은데?"

"쇼핑 더 할래요?"

"아니, 얼른 다녀올게."

송지유의 마음이 변할까 현우는 후다닥 피팅 룸으로 사라졌다. 잠시 후, 피팅 룸 문이 열리며 현우가 나타났다.

"이상하지 않아?"

현우가 어색한 얼굴을 했다. 송지유가 대답 대신 살짝 웃었다. 짙은 회색 슬랙스 바지에 하얀색 와이셔츠 위로 검정색 스웨터를 입었는데 제법 옷 태가 났다.

"그럼 이제 스티브 현우는 아닌 거지?"

"마지막으로 신발 하나 사요."

"아니 왜? 이 운동화 괜찮은데?"

"쇼핑 더 할까요?"

"그래, 가자."

현우가 한숨을 내쉬었다. 그래도 이상하게 기분이 나쁘지는 않았다. 전신 거울을 보며 현우가 턱을 매만졌다.

"김현우 잘생겼네. 모델이나 할 걸 그랬나. 아악!"

현우가 또 소리를 질렀다. 팔뚝이 얼얼했다. 뭐라고 하려는데 송지유가 이미 한참이나 앞서 걷고 있었다.

*　　*　　*

"으음."

눈이 떠졌다. 현우는 시간부터 확인했다. 오전 9시 40분. 그리 늦지도, 빠르지도 않은 시간이었다. 냉장고에서 생수를 꺼내 마시고 주변을 둘러보니 쇼핑백이 한가득이었다. 전부 송지유가 사준 옷과 신발이었다.

"그래도 사줬으니까 성의는 보여야겠지."

현우는 대충 옷을 조합해서 입었다. 손에 집히는 대로 입었더니 전보다 더 볼품이 없었다.

"혼나겠는데?"

몇 벌을 두고 고민하다, 결국 전날 송지유가 정해준 대로 청바지에 검은색 워커를 신고 하얀색 라운드 티셔츠 위에 검정 가죽 재킷을 걸쳤다.

스위트룸 앞에 도착해서 벨을 눌렀다.

"누구세요?!"

"지수야, 나다."

"네!"

문이 열리자마자 현우가 그대로 얼어붙었다. 송지유와 아이들이 막 샤워를 하고 나왔는지 가운을 걸치고 있었다.

"……."

"변태 사기꾼! 나가요!"

송지유가 화장대 위에 있는 휴지를 던졌다. 뒤이어 다른 아이들도 옷가지를 집어 던지기 시작했다.

쾅! 문이 닫혔다. 잠시 후 다시 문이 열렸다. 이지수가 헤헤 웃고 있었다. 다른 아이들도 마찬가지였다. 송지유가 화장대에서 일어나 가운을 벗어젖혔다.

"자, 잠깐!"

현우가 급히 말리려고 했지만 소용이 없었다. 훌러덩, 가운이 내려갔다. 그런데 송지유는 이미 옷을 입고 있는 상태였다. 현우가 멍한 얼굴을 했다.

"너희들 장난친 거였어? 주동자 누구냐? 일단 착한 솔이는 아닌 거 같고. 누구야? 배하나랑 이지수 둘 중에 하나겠지?"

현우가 배하나와 이지수의 머리에 꿀밤을 날리며 상황을 종료시켰다.

박수호가 승합차를 끌고 호텔 앞에 도착했다. 현우 일행은 승합차를 타고 아키하바라로 향했다. 오늘 저녁 8시 소극장에서 첫 번째 공연이 열린다. 현우는 아이들에게 홍보 전단지를 나누어주었다.

"컨디션 조절해야 하니까 딱 두 시간만 전단지 돌리자. 수호가 근처에서 지켜보고 있을 거니까 걱정들 할 거 없어. 그리고 솔이 네가 언니들을 잘 이끌어주고. 알았지?"

"네."

이솔이 고개를 끄덕거렸다. 아이들이 홍보 전단지를 품에 안고 현우의 시야에서 멀어졌다. 현우의 시선이 아이들에게서 떨어질 줄을 몰랐다.

"그렇게 걱정이 되면 차라리 따라가 봐요."

"내가 같이 가면 나한테 의지하려고 할 거야. 수호도 근처에 있으니까 별일 없을 거고."

현우는 송지유를 데리고 근처 카페로 향했다. 두 시간 후 아이들이 박수호와 함께 카페로 돌아왔다. 전단지는 모두 돌린 것 같았는데 이상하게도 아이들의 표정이 좋지 못했다.

아이들의 표정이 시무룩해져 있었다. 박수호는 조금 화가 나 있었다.

"수호야, 무슨 일이야?"

"형님, 그게 말이죠. 전단지를 돌리는 것까지는 아무 문제가 없었어요. 사람들도 조금씩 모이고 처음에는 분위기가 좋았거든요? 그런데 지하 아이돌 중에서도 인기가 많은 팀들이 있나 봐요. 그 팬들이 몰려와서 전단지를 받아가더니 그냥 막 버리더라고요. 아무래도 견제를 한 거 같았어요."

"확실해?"

"네. 팬들이 몰려오기 전에 어떤 남자 한 명이 여긴 자기들 구역이니까 다른 데 가서 홍보를 하라고 하더라고요. 뭔 헛소리인가 싶어서 무시했는데 얼마 안 가서 팬들이 몰려왔으니까요."

"견제라……."

현우가 쓰게 웃었다. 아마추어인 지하 아이돌 세계에서도 나름 경쟁과 텃세가 존재하는 것 같았다.

그럴 만도 했다. 다섯 아이들은 지금 당장 데뷔를 해도 손색이 없을 정도였으니 말이다. 어찌 되었든 생각하지도 못했던 문제가 생긴 건 사실이었다. 홍보 전단지를 제대로 돌리지 못했으니 첫 공연에 차질이 생길 거라는 판단이 들었다.

"호텔로 돌아가서 좀 쉬고 제대로 준비해서 공연해 보자. 다들 수고했어. 홍보 전단지 좀 못 돌렸으면 어때? 너희들 실력이 어디 가겠어? 괜찮아."

현우는 씩 웃으며 일일이 아이들을 다독여 주었다. 그런 현우를 보며 아이들의 표정이 조금이나마 좋아졌다.

호텔로 돌아가서 조금 휴식을 취했다. 그러다 보니 벌써 저녁 7시가 다 되어 있었다.

공연 시간까지 한 시간밖에 남지 않아 현우 일행은 서둘러 소극장으로 향했다.

소극장에 도착하니 직원이 현우 일행을 반겨주었다.

"일찍 오셨네요. 방금 전에 다른 팀 공연이 끝났습니다. 간단하게 무대부터 정리하겠습니다. MR은 모두 준비가 끝났어요."

"수고하셨습니다."

조금 전에 있었던 일을 이야기할까 하다 그냥 그만두었다. 아르바이트를 하는 사람에게 부담을 주기는 싫었다.

현우는 아이들을 데리고 무대 뒤쪽에 있는 대기실에서 안무와 무대 동선을 맞춰보았다.

송지유는 아이들의 의상과 메이크업을 꼼꼼하게 점검해 주었다. 어제 시부야 쇼핑몰에서 직접 아이들의 의상까지 살 정도로 신경을 많이 써주고 있었다.

공연 시작 전까지 5분밖에 남지 않은 상황. 아이들이 잔뜩 긴장을 머금고 있었다. 현우가 턱을 매만지며 입을 열었다.

"자. 한번 보자."

현우는 아이들을 살펴보았다. 핫팬츠를 입혀 노출이 좀 있기는 했지만 춤을 추기에는 편해 보였다.

메이크업도 나이에 맞게 적절했다. 현우가 송지유를 향해 척 엄지를 들어 보였다.

"오늘은 첫 공연이니까 몇 명이 오든 실망하지 말기로 하자. 그리고 다들 떨지 말고 오디션에서 나한테 보여준 것만큼만 보여줘. 그럼 충분할 거야. 다들 손 모으고."

현우의 손 위로 아이들과 송지유가 손을 얹었다. 파이팅을 외치며 아이들이 무대 위로 올라갔다. 현우와 송지유는 무대 뒤에 서서 아이들의 뒷모습을 지켜보았다.

"잘하겠지? 특히 솔이."

"일단 지켜봐요."

"그래, 그러자."

현우와 송지유가 나란히 팔짱을 꼈다.

소극장 직원이 무대로 올라와 무대 커튼을 젖혔다. 200석이 거의 텅 비어 있었다.

기껏해야 30명이 조금 넘는 관객들이 아이들을 향해 손을 흔들고 있을 뿐이었다.

"으음."

현우가 눈썹을 찌푸렸다. 첫 공연이라 큰 기대는 하지 않고 있었지만 예상했던 것보다 관객 수가 너무 적었다. 홍보 전단지를 제대로 돌리지 못했던 게 크게 작용한 것 같았다.

"견제가 제대로 먹힌 거 같은데?"

"그런 거 같네요. 내일부터 오빠도 나랑 같이 전단지 돌려요."

"너 아이들 귀찮아하는 거 아니었어?"

"진짜 혼날래요? 귀찮아하는데 일본까지 따라오고, 옷이랑 화장도 직접 해줄 거 같아요?"

송지유는 텅 빈 관객석을 보며 진심으로 안타까워하고 있었다. 고마운 마음에 현우가 빙그레 웃었다.

"고맙다, 지유야. 그럼 잠깐 애들한테 다녀올게."

현우가 다급히 무대 위에 올라갔다. 아니나 다를까, 아이들이 적은 관객 숫자에 실망하고 있었다. 현우가 아이들을 모았다.

"실망할 거 없어. 첫 공연인데 당연한 거야. 일단 너희들을 보려고 찾아온 저분들부터 팬으로 만드는 거야. 알았어?"

"네!"

아이들이 정신을 차렸다. 현우가 이솔을 살폈다. 벌써 이마에 식은땀이 맺혀 있었다. 식은땀을 닦아주며 현우가 이솔과 눈을 마주했다.

"실수해도 괜찮아."

"…정말요?"

"그래. 그러니까 네가 보여주고 싶은 건 다 보여줘. 할 수 있지?"

"네!"

현우는 서둘러 무대 위에서 내려왔다. 소극장 직원이 마이크를 잡았다.

"저희 소극장을 찾아주셔서 정말 감사드립니다. 특별히 한국에서 온 걸 그룹 연습생분들이 저희 소극장을 찾아주셨습니다. 기획사 이름이 어울림이라고 하네요. 아직 정식 데뷔는 하지 않아서 그룹명은 없다고 합니다. 멤버 여러분들이 직접 자기소개를 해주실래요?"

소극장 직원이 마이크를 김수정에게 넘겼다. 현우가 가만히 김수정을 지켜보았다.

“저는 한국에서 온 18살 김수정이라고 합니다. 잘 부탁드릴게요!”

더듬거리긴 했지만 객석에서 박수가 쏟아졌다. 다른 아이들도 차례로 일본어로 인사를 했다. 마지막으로 마이크가 이솔에게 주어졌다.

“미라이시 소에라고 합니다. 오사카 출신이고 17살입니다. 아이돌이 되고 싶어서 한국에 갔는데 잠깐 다시 일본에 오게 되었어요. 잘 부탁드릴게요.”

이솔을 끝으로 박수가 쏟아졌다. 아이들이 대형을 잡았고 MR이 흘러나오기 시작했다. 아직 데뷔를 하지 못했기에 아이들은 일본에서도 잘 알려진 걸즈파워의 곡을 선택했다.

첫 곡은 ‘SUPER POWER’라는 걸즈파워의 대표적인 히트곡이었다.

파워풀한 안무에 굉장히 스피디한 댄스곡이었다. 특히 화려한 안무가 중요한 곡이라 보컬 파트는 상대적으로 비중이 적었다.

‘기특한 녀석들이네.’

현우는 네 아이들이 무대 공포증이 있는 이솔을 배려하고 있음을 단번에 깨달았다.

처음에는 조금 낯설어하던 관객들은 아이들의 빈틈없는 실력에 점점 빠져들기 시작했다. 첫 곡에 이어 아이들은 연달아 두 곡을 더 불렀다. 세 번째 곡이 끝나고 휴식 시간이 주어졌다. 소극장 직원이 작은 의자를 가져다주었다.

아이들이 호흡을 고르며 물을 마셨다. 비록 관객은 30명 정도밖에 되지 않았지만 반응이 정말 좋았다.

관객들의 반응을 확인한 아이들의 표정이 점차 밝아졌다.

휴식을 취할 겸 질문 타임이 시작되었다. 박수호의 통역 아래 관객들이 아이들에게 이것저것 궁금한 것들을 물어보기 시작했다.

좋아하는 음식부터 옷이나 취미까지 질문들은 정말 다양했다. 국적이 다른데도 아이들은 관객들과 서로 웃으며 소통을 이어갔다.

그렇게 휴식 시간이 끝나고 걸즈파워의 최신 히트곡으로 마지막 무대를 장식했다.

관객들과 악수를 나누고 첫 번째 공연이 무사히 끝이 났다. 관객들이 소극장을 빠져나가자 아이들이 무대에 털썩 주저앉았다.

"다들 어땠어?"

"너무 신났어요. 공연이 너무 빨리 끝나서 아쉬울 정도예요, 대표님."

"맞아요. 한 곡 더 하고 싶었는데."

"맞아. 아쉬워요, 진짜로."

아이들은 진한 여운을 느끼고 있었다. 이솔도 양 볼이 상기되어 있었다. 조용하던 아이가 다른 아이들처럼 웃고 있었다.

"솔이 너 잘하던데?"

"감사합니다!"

현우가 이솔을 칭찬했다.

"다들 수고했다. 그런데 너희들 소극장 공연 겁난다고 하지 않았었나?"

"헤헤. 저희가 언제요?"

이지수가 딴청을 피웠다. 현우가 피식 웃었다.

"그럼 나도 모른 척해주지 뭐. 내일도 홍보 전단지 돌리고 공연하려면 충분히 쉬어야 해. 스시 사줄 테니까 맛있게 먹고 호텔로 가서 푹 쉬자."

"와아!"

음식 이야기가 나오자 아이들이 펄쩍 뛰며 좋아했다.

다음 날 오후 5시까지 현우는 아이들을 쉬게 했다. 스트레칭을 하며 근육도 풀어줘야 했고, 목 관리도 필수였다.

"형님이랑 지유 님도 홍보 전단지 돌리신다고요?"

승합차를 운전하며 박수호가 물었다.

"어제 그런 일이 있었는데 내가 가만히 있을 수는 없지. 대한민국 육군 병장 출신의 위엄을 보여줄 생각이다."

"하긴, 병장 출신이 두 명이면 귀신도 때려잡죠."

"그거 해병대 얘기 아니에요?"

송지유가 눈을 흘기며 말했다.

"육군 병장 두 명이면 귀신 잡을 수 있습니다, 지유 님."

현우와 박수호가 군대 이야기를 나누는 사이 승합차는 아키하바라에 도착했다. 어제 새로 뽑은 전단지를 들고 현우 일행이 승합차에서 내렸다.

"어제 그 매니저라는 놈, 얼굴 기억하지?"

"예, 형님. 기억하죠."

"잘 둘러보고 있다가 보이면 바로 말해줘."

본격적으로 홍보 전단지를 돌리기 시작했다. 어제 공연을 성공적으로 마무리했던 덕인지 아이들은 밝은 얼굴로 홍보 전단지를 나누어주었다.

특히 어제 공연을 보러 왔었던 여러 팬이 근처에서 아이들을 돕고 있었다. 혼자 멀찍이 떨어져 아이들을 지켜보고 있는 검은 모자의 중년인이 눈에 거슬리기는 했지만 현우는 개의치 않았다. 지하 아이돌을 좋아하는 오타쿠들이라 부끄러움이 많은 팬들이 많았다.

송지유와 함께 홍보 전단지를 돌리기 시작하자 사람들의 시선이 쏟아졌다. 남자들은 말할 것도 없고 간혹 보이는 일본 여자들이 송지유를 보며 비명을 질러댔다.

"일본에서도 인기 좋은데?"

"먼저 소극장으로 가 있을까요? 방해가 되는 거 같아요."

아이들 쪽에도 사람이 많았지만 송지유 쪽에는 더 많은 사람이 몰려 있었다.

"박 팀장님이 괜히 얼굴천재지유라는 닉네임을 쓰는 게 아니었구나."

"놀리는 거예요, 지금?"

"아니, 말이 그렇다는 거지."

송지유가 흘겨보았지만 그래도 현우는 기분이 좋았다. 많은 사람들이 아이들뿐만 아니라 송지유까지 좋아해 주고 있었다.

홍보 전단지 300장이 불과 한 시간도 되지 않아 동이 나버렸다. 어제 아이들을 방해했다던 매니저와 그 팬들은 나타나지 않았다.

그리고 오후 8시, 두 번째 소극장 공연이 시작되었다.

"어제 공연이 입소문을 제대로 탔나 봅니다! 좌석 전부 매진입니다!"

소극장 직원이 자기 일인 것처럼 흥분을 감추지 못했다.

"입소문이 그렇게 중요합니까?"

"당연하죠! 오타쿠들은 매일 출근 개념으로 아키하바라를 찾아옵니다. 현장에서 서로 정보 공유도 하고 자기들이 만든 인터넷 동호회에서 활동도 활발히 해요. 그래서 그런지 새로운 지하 아이돌이 떴다 하면 바로 정보 공유가 되는 거죠. 어제 동호회에 여러분 사진이랑 공연 영상이 올라왔어요. 반응이 아주 좋았고요."

"아하."

현우가 고개를 끄덕거렸다.

"근데 어떻게 알았어요? 그쪽도 지하 아이돌 좋아합니까?"

"……"

현우의 날카로운 질문에 소극장 직원의 얼굴이 새빨개졌다. 스스로 오타쿠 인증을 한 셈이었다.

"뭘 창피해해요? 이해합니다."

현우가 소극장 직원의 어깨를 다독여 주었다.

드디어 다섯 아이들이 무대 위로 올랐다. 무대에 조명이 비춰지고 아이들이 나타나자 관객들이 환호성을 질러댔다.

좌석이 만석이라 서 있는 사람들도 많았다. 어제 공연에 왔던 팬들은 어설픈 한국말로 응원 피켓까지 들고 있었다.

아이들이 믿지 못하겠다는 표정을 하고 있었다. 그러다 현우가 문득 이솔을 살폈다.

"솔이 좀 이상하지 않아?"

현우의 말에 송지유가 이솔을 바라보았다. 입술이 새파랗게 물들어 있었다. 얼굴도 창백했다.

"오빠, 빨리 올라가 봐요!"

"알았어!"

결국 현우가 무대 위로 뛰어올라 갔다. 무대에서는 아이들이 이틀 간 배운 일본어로 소극장을 찾아온 관객들에게 더듬더듬 감사 인사를 하고 있었다.

"형님?"

"솔이가 좀 이상해. 데리고 내려갈 테니까 자연스럽게 넘겨줘."

현우는 최대한 태연하게 이솔에게로 다가갔다.

"솔아?"

"……."

이솔이 멍하니 허공을 응시하고 있었다.

"이솔!"

"대, 대표님."

"일단 내려가자. 내 손 잡아."

이솔이 내미는 손을 잡고 현우는 무대 아래로 내려왔다. 상황을 눈치챈 유지연이 마이크를 잡았다.

"솔이가 잠깐 물을 마시러 갔어요. 여러분들이 많이 찾아와 주셔서 조금 긴장을 했나 봐요. 잠시만 기다려 주세요!"

박수호가 얼른 통역을 했고, 의아해하던 관객들이 다시 환호성을 질렀다.

한편, 대기실에서는 현우와 송지유가 이솔을 살피고 있었다.

"괜찮아? 병원 갈래?"

"싫어요."

순하고 조용하던 이솔이 단호하게 고개를 저었다. 이솔의 커다란 눈동자에서 눈물이 주르륵 흘러내렸다.

"제가 왜 이런지 모르겠어요. 정말 노래를 부르고 싶은데… 어제 공연 때도 네 곡 전부 노래는 하지도 못하고 춤만 췄어요. 춤도 다 틀리고 엉망이었어요."

"……."

"……."

현우와 송지유는 조용히 흐느끼는 이솔을 지켜보기만 했다. 섣불리 위로를 건넬 수가 없었다. 이솔의 어깨로 향하던 현우의 손이 허공에서 방황했다.

"이리 와."

"흐흑."

송지유의 품에 안긴 이솔이 펑펑 울기 시작했다. 그사이 공연이 시작되려 하고 있었다.

소극장 직원이 대기실 문을 열고 들어왔다. 송지유의 품에 안겨 울고 있는 이솔을 발견한 소극장 직원이 당황했다.

"미, 미라이시 양은 어떻게 할 거예요? 이제 곧 무대 시작입니다."

"이 아이, 오늘은 여기까지 해야 할 거 같아요. 잘 전해주세요."

송지유가 일본어를 했다.

"너? 일본어 할 줄 알아?"

"조금요. 제2외국어가 일본어였어요."

소극장 직원이 황급히 몸을 돌렸다.

"저도 무대로 올라갈래요."

이솔이 송지유의 품에서 빠져나왔다.

"솔아, 안 돼. 여기서 상태가 더 심해질 수도 있어."

"싫어요."

"너 자꾸 고집부릴 거야? 그동안 말 잘 듣더니 갑자기 왜 이래?! 노래하고 춤출 수 있는 날이 오늘만은 아니잖아!"

현우가 조금 언성을 높였다.

"이번 무대도 제대로 하지 못하면… 저 아이돌 포기할 것 같아요."

"……!"

이솔의 말에 현우는 크게 놀랐다. 이솔은 진심이었다. 곰곰이 생각에 잠겨 있던 현우가 결국 한발 물러섰다.

"좋아, 그렇다면 솔이 너를 믿어볼게."

현우의 시선이 대기실 벽을 향했다.

"대신 저걸 가져가."

"네?"

이솔이 고개를 갸웃거렸다. 대기실 벽에는 가져갈 만한 것이 하나도 없었다.

현우가 길게 한숨을 내쉬며 벽에서 무언가를 떼었다. 하얀색 고양이 얼굴에 앙증맞은 리본이 달린 헬로키티 가면이었다.

"뜬금없기는 하지만 혹시 얼굴을 가리면 부담감이 덜할까 싶어서. 어때?"

이솔이 잠시 고민했다.

"저 그거 쓸래요. 많이 울어서 눈도 부었어요."

"그래. 일단 아무 생각 말고 그냥 화장 지워졌으니까 쓴다고 생각하자."

현우가 이솔의 머리를 쓰다듬었다. 그리고 헬로키티 가면을 손수 씌워주었다.

"불편해?"

"딱 맞아요."

현우가 살짝 고개를 숙여 이솔과 눈을 마주했다. 가면 속 이솔의 갈색 눈동자는 아직도 눈물에 젖어 있었다.

"네가 아이돌을 왜 포기해? 넌 괜찮아질 거야, 내가 그렇게 되게 해줄게. 그러니까 솔이, 너도 다시는 그런 말 꺼내지 마."

이솔이 갑자기 현우를 와락 끌어안았다. 어깨가 들썩이는 것이 눈물을 흘리는 것 같았다. 조금 놀랐지만 현우도 조용히 이솔의 등을 토닥여 주었다.

"이제 곧 공연 시작이야. 가면 속에 숨어 있다고 생각해. 아무도 네가 어떤 표정을 하고 있는지, 무슨 생각을 하고 있는지 절대 모를 거야."

"네… 알았어요."

"그래. 그럼 다녀와."

현우가 살짝 이솔을 떼어내었다. 잠시 현우와 송지유를 뒤돌아보던 이솔이 무대로 향했다.

"후우."

한숨과 함께 현우가 소파에 주저앉았다.

"괜찮아요?"

송지유가 물었다.

"나는 괜찮지. 그런데 솔이가 괜찮을지가 걱정이다."

"가면은 어떻게 생각한 거예요?"

"모르겠어. 그냥 눈에 들어오더라. 솔이한테 도움이 될까?"

"궁금하면 직접 보러 가면 되잖아요. 일어나요. 오빠가 있으면 솔이도 더 마음 편히 공연을 할 수 있을 거예요."

송지유가 현우의 팔을 잡아끌고 관객석으로 향했다.

* * *

막 공연이 시작되려 하고 있었다.

"수정아, 솔이는 어떻게 해?"

"솔이 없이 공연해야 하는 거야?"

배하나와 이지수가 걱정에 울상을 하고 있었다. 김수정이 관객들을 살펴보았다.

다들 기대에 찬 얼굴이었다. 김수정이 입술을 깨물었다. 더 이상 시간을 끌 수가 없었다. 마침 소극장 직원이 올라와 박수호에게 귓속말을 했다.

박수호가 근처에 있는 유지연에게 뭐라고 말을 했다. 김수정이 눈빛을 보냈고 유지연이 어두운 표정으로 고개를 저었다.

"휴우."

김수정이 작게 한숨을 내쉬었다. 그런데 갑자기 관객석에서 환호성이 터져 나왔다. 무슨 일인가 싶어 주변을 둘러봤더니 이솔이 무대로 올라오고 있었다.

"헬로키티?"

"솔이 맞잖아, 그치?"

아이들이 수군거렸다. 다시 나타난 이솔이 헬로키티 가면을 쓰고 나타났다. 아이들이 이솔에게로 몰려들었다.

"수정 언니, 미안해요! 늦었죠?"

"그 가면은 뭐야?"

"그게, 사정이 있었어요. 가면은 대표님이 주신 거예요."

"대표님이?"

유지연이 눈동자를 빛냈다. 그리고 다시 이솔에게 말했다.

"그럼 괜찮은 거니? 식은땀 나고 어지럽고 그러지 않아?"

"아직까지는 괜찮아요."

"정말?"

유지연이 환하게 웃었다. 양쪽 보조개가 깊게 파였다.

"수정아, 우리 공연 시작하자. 솔이 괜찮아진 거 같아."

"응! 다들 준비해!"

김수정의 지시에 아이들이 빠르게 무대 대형을 갖췄다. MR이 흘러나오자 관객들이 더욱 큰 환호성을 질렀다.

첫 곡은 핑크플라워의 최근 타이틀곡 'Baby lover'였다. 핑크플라워 2군 멤버로서 숱하게 연습해 왔던 곡이었다. 아이들이 무대를 넘어 시서히 관객석까지 장악하기 시작했다.

어제 공연에 왔었던 팬들을 중심으로 관객들이 열띤 응원을 보내왔다. 현우는 관객석 끝에서 아이들의 무대를 지켜보았다. 시선은 당연히 이솔에게로 고정되어 있었다.

'후우. 미치겠네.'

혹시라도 이솔이 쓰러질까 봐 현우는 가슴이 조마조마했다. 하지만 곡 중반부가 넘어가면서부터 서서히 이솔이 아이들과 호흡을 맞추기 시작했다. 파워풀한 안무도 완벽하게 소화했다.

'어?!'

이솔의 파트를 대신 부르려던 김수정이 급히 목소리를 낮추었다.

헬로키티 가면 속에서 이솔의 목소리가 들려왔다. 김수정이 급히 유지연에게 눈짓을 보냈다. 이솔이 파트를 소화하고 있음을 깨달은 유지연도 고개를 끄덕거렸다.

오오! 어제 공연에 왔었던 팬들이 이솔이 노래를 부르고 있다는 사실을 알아차렸다. 청량하면서도 허스키한 이솔의 목소리가 소극장 안에 울려 퍼졌다.

"……."

입꼬리가 한쪽으로 올라가며 현우가 씩 웃었다. 헬로키티 가면 뒤에 숨어버린 이솔은 무대 공포증을 떨쳐내었다. 첫 번째 곡 'Baby lover'가 끝나고, 두 번째 곡과 세 번째 곡에서 분위기가 더 무르익었다.

센터는 배하나였지만 이솔이 빛을 발하고 있었다. 더욱 신기한 건 저번 오디션과 마찬가지로 이솔 덕분에 다른 아이들까지 빛이 나고 있었다. 다섯 명이 선 무대가 마치 열 명이 선 무대 같은 느낌이 났다.

와아아! 200명이 훨씬 넘는 관객들은 난리가 났다. 알 수도 없는 일본어를 외쳐대고 있었다.

휴식 겸 질문 타임을 위해 소극장 직원이 올라왔지만 앵콜 세례가 쏟아졌다.

현우와 송지유를 발견한 이솔이 손을 흔들었다. 관객들이 소리를 질렀다. 씩 웃으며 현우도 손을 흔들어주었다.

결국 질문 타임도 없이 아이들이 연달아 세 곡을 더 불렀다.

"가, 감사합니다! 여러분 즐거우세요?!"

홍분을 감추지 못하고 이지수가 한국말로 소리쳤다. 어설픈 한국말들이 객석에서 쏟아졌다. 또 앵콜 세례가 쏟아졌다.

"다들 이리로 와!"

김수정이 급히 아이들을 모았다.

"다들 괜찮아? 시간 남았는데 한 곡 더 할까? 할 수 있어?"

말을 마치고 김수정이 숨을 몰아쉬었다. 무려 여섯 곡을 라이브로 불렀다.

김수정처럼 다른 아이들도 거친 숨을 몰아쉬고 있었다. 김수정과 아이들의 시선이 헬로키티 가면으로 향했다.

"솔이 네 생각은?"

"우리… GOGO Dance 해요!"

아이들이 현우에게 오디션 합격을 따낼 때 불렀던 곡이었다.

"언니들이랑 GOGO Dance 같이 해보고 싶었어요!"

"좋아, 다들 문제없지?"

"응!"

김수정의 질문에 아이들이 입을 모아 소리쳤다. MR을 틀기 위해 박수호가 얼른 무대 아래로 내려갔다.

아이들이 대형을 갖추는 사이 MR이 흘러나왔다.

"솔이 네가 센터로 가! 배하나 불만 없지?!"

"그렇지 않아도 힘들어죽겠어! 솔아, 부탁해!"

배하나가 이솔을 가운데로 밀어 넣었다. 관객석에서 지켜보고 있던 현우가 픽 웃었다. 아이들의 마음 씀씀이가 참 고왔다.

저번 오디션 때처럼 이지수 버전의 'GOGO Dance'가 펼쳐졌다. 센터에 선 이솔이 마치 발레를 연상시키는 독무를 펼쳤고, 뒤이어 아이들이 각기 다른 춤을 추기 시작했다. 이솔이 센터 자리로 가자 독보적인 존재감을 드러냈다.

"지유야, 솔이 괜찮지? 걸즈파워 엘시 느낌 나지 않아?"

현우가 뿌듯한 표정으로 물었다.

공연은 성황리에 끝이 났다. 관객들을 끝까지 배웅하고 아이들이 무대 위로 쓰러져 누웠다. 땀에 젖어 있었지만 아이들은 웃고 있었다. 무대 위에 올라간 현우는 그런 아이들에게 생수병을 하나씩 나누어주었다.

"이래가지고 내일 공연할 수 있겠어?"

"하, 할 수 있어요!"

이솔이 소리쳤다. 현우가 피식 웃으며 이솔을 일으켜 앉혔다. 그리고 혹여나 머리카락이 꼬일까 조심조심 가면을 벗겼다.

"윽!"

이솔이 현우의 품으로 파고들었다.

"이거 지유가 사준 새 옷들이라 땀 묻으면 엄청 혼날걸, 솔아? …솔아?"

현우가 조심스럽게 이솔을 떼어내려 했다. 그런 현우에게 송지유가 얼굴을 찌푸리며 고개를 저었다.

"왜?"

대답 대신 송지유가 손가락을 아래로 해서 눈 밑으로 가져다 대었다.

"우, 운다고?"

이솔의 작은 등이 들썩이고 있었다.

'어, 어떻게 해야 하지?'

기쁨의 눈물임이 확실했다. 그런데도 현우는 당황스러웠다. 결국 아이들이 이솔에게로 몰려와 다 함께 울음을 터뜨렸다. 졸지에 아이들에게 둘러싸인 현우가 간절한 표정으로 송지유를 바라보았다.

"지, 지유야."

"바보, 그냥 즐겨요."

송지유가 현우를 흘겨보았다.

아이들을 달래는 데 제법 시간이 걸렸다. 호텔로 돌아온 현우는 아이들이 씻고 나올 때까지 박수호와 함께 승합차 안에 있기로 했다.

"형님, 매니지먼트 쪽이 이렇게 보람 있고 재밌는 일인 줄은 미처 몰랐어요."

"다들 처음에는 그렇게 말을 하지. 근데 더 깊게 들어가 보면 힘든 점도 많아. 근데 넌 전공이 뭐야?"

"저요? 경영학과입니다."

"그래? 일본에서 아예 눌러 살 생각이야?"

"아직 모르겠어요. 일본에 정착을 할지, 아니면 한국으로 돌아갈지 아직 고민 중이거든요. 근데 형님이 부럽네요."

"뭐가?"

"저보다 겨우 한 살 많은데 벌써 어엿한 기획사 대표님이시잖아요."

박수호가 부러우면서도 씁쓸한 얼굴을 하고 있었다.

"시작이 다르다고 해서 그 끝이 어떻게 될지는 아무도 모르는 거야. 지금은 너도 학생이지만 몇 년 후에는 그럴듯한 큰 회사에서 일을 할지 누가 알겠어? 그러니까 하루하루를 충실하게 살아. 그게 쌓이고 쌓이면 나중에 적어도 큰 후회는 안 할 거다."

"하하. 저희 아버지랑 똑같은 말씀을 하시는데요?"

"그러냐."

현우는 괜히 뜨끔했다. 그러다 현우의 시선이 호텔 정문에서 멈추었다. 검은 모자를 푹 눌러쓴 중년 남자가 호텔 정문을 배회하고 있었다.

'잠깐.'

오늘 공연에서 현우는 이 남자를 본 적이 있었다.

공연을 즐기며 응원을 보내는 관객들과 달리 저 중년 남자는 구석에 서서 멍하니 아이들을 바라보거나 아니면 사진을 찍기만 했다. 공연 전에 홍보 전단지를 돌릴 때도 저 중년 남자가 눈에 거슬렸었다. 사진기를 들고 골목에 숨어 아이들을 몰래 찍기까지 했다.

순간 불길한 느낌이 들었다. 때마침 호텔 정문에 송지유와 아이들이 나오고 있었다. 서성이던 중년 남자가 송지유와 아이들에게로 다가가고 있었다.

"수호야! 저놈 잡아!"

"예? 예?!"

더 기다릴 것도 없이 현우가 승합차 문을 열고 뛰쳐나갔다. 전속력으로 달려오는 현우를 발견한 송지유와 아이들이 어리둥절한 표정을 했다.

"피해! 저놈 스토커야!"

현우의 외침에 송지유가 다급히 뒤쪽으로 아이들을 숨겼다. 현우를 발견한 중년 남자가 황급히 도망을 치려 했다. 뒤따라온 박수호가 중년 남자의 퇴로를 막아버렸다.

"진짜 스토커예요?! 대답해요!"

"……."

박수호가 물었지만 중년 남자는 묵묵부답이었다. 그런데 갑자기 중년 남자가 바지 주머니로 손을 넣었다.

"비켜!"

현우가 몸을 날려 중년 남자를 넘어뜨렸다. 비명과 함께 중년 남자가 발버둥을 치기 시작했다.

"수호야!"

"예!"

박수호가 중년 남자의 두 팔을 제압했다. 현우는 중년 남자가 메고 있던 백 팩을 빼앗았다. 가방을 열어보니 아이들을 찍던 사진기가 들어 있었다.

"너 이 자식! 이상한 사진 있으면 가만 안 둬!"

현우가 소리를 질렀고, 그걸 또 박수호가 통역을 했다. 현우는 재빨리 사진기 전원을 켰다.

그리고 그 순간 현우의 눈동자가 커졌다. 아이들의 사진이 무려 500장 넘게 담겨 있었다.

"……."

중년 남자를 제압한 상태로 현우는 한참 동안이나 사진들을 살펴보았다. 그러다 현우가 일어났다.

"풀어드려."

"예? 경찰 부르는 게 아니고요?"

"후우. 일단 풀어드리자."

현우가 한숨을 내쉬며 박수호에게 사진기를 건넸다. 사진들을 살펴보던 박수호가 당황스러운 얼굴을 했다.

당황스럽기는 현우도 마찬가지였다. 아이들의 사진이 맞긴 맞았는데 현우가 생각하는 나쁜 의미의 사진들은 단 한 장도 없었다.

사진들은 대부분 해맑게 웃고 있는 아이들의 얼굴을 담고 있었다. 바닥에는 중년 남자가 바지 주머니에서 꺼내려 하던 것이 떨어져 있었는데, 바로 이솔의 머리핀이었다.

아마 머리핀을 돌려주기 위해 호텔까지 찾아온 것 같았다.

"죄송합니다. 오해했습니다. 다치신 곳은 없습니까?"

현우가 정중하게 고개를 숙이며 사과를 했다. 바지를 털고 일어난 중년 남자가 얼른 검은 모자를 눌러썼다.

박수호의 통역을 전해 들은 중년 남자가 어색한 표정을 했다. 순식간에 봉변을 당한 셈이나 마찬가지였다.

"괜찮으세요? 저희 대표님이 오해를 하셨어요. 정말 좋으신 분이에요. 저도 사과드리겠습니다."

이솔도 고개를 숙이며 사과를 했다. 아이들도 고개를 숙였다. 어색해하던 중년 남자의 얼굴이 헤벌쭉해졌다.

'뭐야?'

현우는 황당했다. 아이들을 좋아하는 팬인 것 같기는 했는데 이런 상황에서까지 부끄러워하며 좋아하고 있었다. 한편으로는 마음이 놓였다.

"다치신 곳이 있으면 저희 차를 타고 병원으로 가시겠습니까?"

현우가 물었다. 중년 남자가 고개를 저었다.

"아, 아닙니다. 충분히 오해할 만했다고 생각합니다. 제가 매니저였더라도 그렇게 반응을 했을 겁니다. 아니죠. 진짜 스토커였으면 저는 그대로 빵! 해버렸을 겁니다."

중년 남자가 손가락으로 총을 쏘는 시늉을 해보였다. 그러고는 하하 멋쩍게 웃었다.

'특이한 양반인데? 오타쿠들은 원래 저런가?'

그래도 마음 씀씀이가 고마웠다. 보통 사람이라면 병원은 물론이고 경찰을 불러도 그만인 상황이었다.

"성함이 어떻게 되십니까?"

"이, 이름요? 아 그게, 켄신입니다! 켄신!"

"켄신 씨라고 하네요. 그런데 켄신이요?"

박수호가 통역을 하며 고개를 갸우뚱했다. 이름이 조금 특이했기 때문이었다. 이솔도 요즘은 흔하지 않은 이름에 고개를 갸웃거렸다. 근데 켄신이 갑자기 또 하하 웃기 시작했다.

"이렇게 코앞에서 만나니까 정말 여한이 없습니다. 다들 정말 귀엽고 또 귀여워요. 그리고 여기 이분은 아이돌은 아니고 배우 같은데 맞아요? 배우?"

켄신이 송지유를 보며 감탄을 하고 있었다. 현우가 빙그레 웃었다.

"저희 기획사 소속 가수 송지유입니다. 아이들한테는 선배님이죠."

"그래요? 지유 씨. 우리 아이들을 잘 부탁드립니다. 괴롭히지 말아주세요!"

아이들이 킥킥 웃었다. 통역을 전해 들은 송지유가 눈을 찌푸렸다.

"그럴 일 없는데요?"

"감사합니다, 감사합니다."

켄신이 연신 고개를 숙였다. 그 옆에서 현우는 웃음을 참으려 애썼다.

"무서운 선배님으로 보였나 보다, 지유야."

"시끄러워요."

송지유의 꼬집기를 피한 다음 현우가 중년 남자에게 묻기 시작했다.

"정말 괜찮으시죠?"

"네, 물론입니다. 건강해요. 아주!"

"아이들이랑 사진 찍으시겠어요?"

현우의 제안에 중년 남자의 얼굴이 밝아졌다.

"영광입니다!"

아이들이 중년 남자와 일일이 사진을 찍어주었다. 마지막은 단체 사진으로 마무리를 했다.

"내일 공연 때도 오겠습니다. 부디 힘내시길!"

중년 남자가 인사를 하고 몸을 돌렸다.

"후우. 난리 날 뻔했네."

이제야 긴장이 풀렸다. 하마터면 타지에서 대형 사고를 칠 뻔했다. 송지유가 현우의 등짝으로 강력한 스매싱을 날렸다. 짝! 소리와 함께 현우가 화들짝 놀랐다.

"야, 송지유! 십 년 감수한 사람을 왜 때려?"

얼마나 손이 매운지 등짝에서 불이 났다. 더 뭐라고 하려다 현우는 그만 입을 다물었다. 송지유의 눈동자가 붉어져 있었다.

"지유야? 너 왜 그래?"

"진짜 나쁜 사람이었으면 어쩔 뻔했어요? 바지에서 칼 같은 거 꺼냈으면 어쩔 뻔했어요?! 생각이 있는 사람이에요?!"

싸늘한 말투였지만 어딘가 모르게 송지유가 격앙되어 있었다. 그리고 송지유의 말은 틀린 게 하나도 없었다. 아이들이 현우와 송지유 사이에서 눈치를 보고 있었다.

"후우… 미안하다."

싸늘했던 송지유의 얼굴이 급격하게 풀어졌다.

"아니에요. 화내서 미안해요. 그리고 오빠가 잘못한 것도 아니에요. 다만 조금 걱정이 됐어요."

"일본에서는 기특한 짓만 하네. 왜 이렇게 착해졌어, 응?"

현우가 피식 웃으며 송지유의 머리에 손을 가져가려 했다. 송지유가 현우의 손길을 피했다.

"아직 화 덜 풀렸어요."

"예예, 알아들었습니다. 예예."

현우의 모습을 보며 아이들이 웃음을 터뜨렸다. 헤헤 웃다가 배하나가 손가락으로 어딘가를 가리키며 말했다.

"대표님, 근데 저 아저씨 아직 저기까지밖에 못 가셨는데요?"

현우가 홱 몸을 돌렸다. 켄신이 느릿느릿 걸음을 옮기고 있었다. 그러다 몸을 돌렸는데 하필 현우와 시선이 마주쳤다.

"하하, 갑니다. 이제 진짜 갈 거예요."

그러면서도 켄신은 쉽사리 발걸음을 떼지 못하고 있었다. 누가 봐도 아이들과의 헤어짐이 아쉬워 보였다.

"여러모로 재밌는 사람이네. 저녁 식사에 초대해 줄까? 다들 어때?"

"형님, 전 좋습니다. 우리가 잘못한 것도 있잖아요."

"저희도 괜찮아요."

김수정이 대표로 말했다.

"상관없어요."

송지유도 같은 생각이었다.

"사과의 의미로 저녁 식사 대접하고 싶다고 전해줘."

"예, 형님. 저, 켄신 씨! 사과의 의미로 저녁 식사 함께하지 않으시겠어요?"

박수호의 말에 켄신의 얼굴로 화색이 돌았다.

"실례가 되지 않는다면 사양하지 않겠습니다! 하하!"

켄신이 기다렸다는 듯 일행에게로 합류했다.

* * *

켄신이 직접 현우 일행을 음식점으로 안내했다. 시부야 외곽 쪽에 자리 잡고 있는 낡고 오래된 이자카야였다. 단골집이라며 켄신이 직접 여러 음식을 시켰다.

"이 집은 메로구이가 환상적입니다. 정말 맛있어요. 드셔보세요."

켄신이 직접 메로구이를 접시에 나누어주었다.

"우와! 입에서 녹아요!"

"메론구이 진짜 맛있다! 어떻게 메론에서 생선 맛이 나요?"

"이 바보 먹보야! 메론 말고 메로야! 메로!"

이지수가 배하나를 타박했다. 켄신은 그 모습을 보며 아빠 미소를 하고 있었다. 불순한 의도라고는 전혀 느껴지지 않아 현우는 경계를 풀었다.

"저보다 연배도 높으신데 한 잔 따라 드리죠."

"감사합니다, 고마워요."

맥주잔으로 시원한 흑맥주가 가득 채워졌다. 켄신도 현우의 잔을 채워주었다. 건배를 나누고 흑맥주를 들이켰다. 알싸하고 구수한 향기가 입안을 돌아다녔다.

서로 맥주잔을 나누며 현우는 켄신과 많은 대화를 주고받았다.

"켄신 씨도 지하 아이돌을 좋아하는 오타쿠, 아니, 팬입니까?"

"하하. 팬도 맞고 어떻게 보면 오타쿠도 맞습니다. 근데 지하 아이돌을 좋아해 본 적은 없어요. 제가 중, 고등학교를 다닐 때는 러브라는 아이돌을 참 좋아했었습니다. 3인조 아이돌이었는데 정말 예쁘고 귀엽고 노래도 잘했어요. 지금은 다들 아이 엄마들이겠지만요. 하하."

"지하 아이돌 팬은 아니셨군요. 근데 어떻게 저희 아이들을?"

켄신이 쑥스러운 얼굴을 하며 아이들을 슬쩍 바라보았다. 아이들은 이것저것 먹느라 정신이 없었다.

"대학을 졸업하고 일을 시작하면서 정신없이 바쁘게만 살았거든요. 그런데 언제부턴가 삶이 재미가 없더라고요. 그래서 취미나 만들까 해서 이것저것 시도해 보고 있었어요. 그러다 아키하바라에서 저분들을 보게 된 겁니다. 나이 먹고 웃기는 이야기지만 뭐랄까, 내가 어렸을 때 좋아하던 러브가 다시 돌아온 것 같은 느낌이었어요. 그래서 무작정 사진만 찍고 난생처음 공연도 찾아가 보고, 여러모로 재밌더군요."

"그러셨군요."

현우는 조용히 고개를 끄덕거렸다. 스토커라며 오해를 했던 것이 더욱 미안해졌다.

"저희 아이들을 좋아해 주셔서 감사합니다. 그런데 저희는 곧 한국으로 돌아갑니다."

"아! 그렇습니까? 어느 정도는 예상하고 있었습니다. 일본에 지옥 훈련하러 왔다고 지수 양이 말했었잖아요? 그런데 굉장히 아쉽네요. 하하."

자기 말을 하는지도 모르고 이지수는 배하나와 함께 양 볼 가득 음식들을 담고 있었다. 문득 현우는 켄신이라는 중년 남자의 정체가 궁금해졌다.

"그런데 켄신 씨는 뭐 하시는 분입니까?"

현우의 질문에 켄신이 잠깐 멈칫했다.

"어… 이자카야 가게 합니다. 물론 이 가게는 제 가게가 아닙니다!"

"근데 왜 여길 오신 거예요? 여기 이자카야가 단골이라고 하시지 않았습니까?"

"하하하! 그게 말이죠. 매일 이자카야에서 일을 하다 보니까 제 가게가 가끔은 싫어집니다. 그럴 때마다 여기로 와서 기분 전환과 반성을 동시에 하는 거죠. 아! 내 가게가 아니니까 마음이 편하다! 찾아올 때는 이러고 돌아갈 때는 내가 왜 내 가게를 두고 여기를 왔을까? 하며 일종의 반성을 하는 거죠! 하하하!"

"네?"

통역을 하는 박수호나 통역을 듣는 현우나 황당했다. 얼핏 들으면 설득력이 있어 보였지만 잘 들어보면 그냥 헛소리였다.

"형님, 잠깐 저랑 이야기 좀."

"알았어."

낌새를 챈 현우가 화장실을 다녀온다 하며 박수호와 함께 가게 밖으로 나갔다.

"너 저 사람 누군지 아는 거지?"

"형님, 처음부터 켄신 씨를 어디서 본 거 같기는 했거든요. 근데 횡설수설하는 것도 이상하고 해서 몰래 사진 찍어서 유학생 단톡방에 올려놨습니다. 곧 답장 올 거예요."

"잘했어. 근데 넌 일본에서는 TV 안 보냐?"

박수호가 머리를 긁적였다.

"공부하느라 바빠서 잘 안 보긴 해요. 전역하고 일본 온 지 일 년도 안 됐거든요."

"그래? 뭐 야쿠자 같은 사람은 아니겠지? 문신은 없는 거 같던데."

"에이, 야쿠자는 아닐걸요? 제가 분명히 어디서 본 거 같기는 해요. TV에서 본 거 같았어요. 연예인 같기도 하고 정치인이나 기업가인가? 아무튼 제가 모르는 거 보면 유명한 사람은 아닐걸요?"

"그러냐? 이제 슬슬 들어가자. 너무 자리를 비워도 실례야."

현우가 박수호를 끌고 가게 안으로 들어갔다. 그새 음식들이 더 나와 있었다.

"적당히 먹어. 특히 배하나는 그만 먹자."

"왜, 왜요?"

"너 살쪘잖아."

"켄신 아저씨한테 물어봤는데 살 안 쪘다고 했어요!"

"어제 처음 봤는데 네가 살이 쪘는지 안 쪘는지 어떻게 아냐? 아니다. 그냥 오늘만 원 없이 먹어. 한국 돌아가면 넌 이제 좋은 날은 다 간 거니까."

"야호! 그럼 마음 편히 먹어야지!"

현우는 그냥 피식 웃고 말았다.

그리고 현우는 켄신의 신상에 대해선 더 묻지 않기로 했다. 식사 자리는 화기애애했다. 이자카야 음식들도 맛이 좋았고 흑맥주도 맛이 좋았다.

켄신은 아이들에 대해 정말로 궁금한 것들이 많아 보였다.

사는 지역이며, 다니는 고등학교부터 시작해서 이것저것들을 물어보았고 경청해서 들었다.

또 이솔이 가면을 쓰고 공연에 서야 했던 이유를 듣고는 정말로 참담한 얼굴을 했다. 사십을 훌쩍 넘어 오십에 가까운 중년 남자가 이렇게 순수할 수 있을까 싶었다.

이자카야에서만 무려 세 시간 넘게 이야기를 나누었다. 아이들도 배가 불러 더 이상 음식을 시키지 못하고 있었다.

"하하. 오늘 정말 즐거웠습니다. 다 늙은 아저씨랑 놀아줘서 정말 감사합니다."

켄신이 꾸벅 고개를 숙였다. 그러더니 먼저 일어나 가게 주인에게로 다가갔다. 현우가 얼른 일어나 그런 켄신을 막았다.

"계산은 제가 하겠습니다."

"하하. 아니에요. 바쁘신 분들 잡아놓았는데 계산은 제가 하겠습니다."

"아닙니다. 초면에 저지른 큰 실수도 이해해 주셨는데 이건 도리가 아닙니다."

"아줌마, 얼른 계산해 줘!"

켄신이 신용카드를 꺼내려다 바닥으로 떨어뜨렸다. 조명을 받은 신용카드가 황금빛으로 반짝였다.

"골드 카드?"

박수호가 카드를 줍다 깜짝 놀랐다.

코코넛 톡! 마침 코코넛 톡이 울렸다. 핸드폰을 확인한 박수호가 갑자기 질린 얼굴을 했다.

"혀, 형님! 형님!"

"왜? 무슨 일인데?"

"켄신 씨, 아니, 이분이 누군지 알았어요! 빨리 보세요!"

3장
고독한 오타쿠

현우는 재빨리 박수호의 핸드폰을 들여다보았다. 핸드폰 속 사진과 켄신의 얼굴이 똑같았다. 하지만 현우를 더욱 놀라게 한 건, 유학생이 남겨놓은 켄신의 정체였다.

켄신의 본명은 다스케 쿠로였으며, 유명 MC이자 개그맨, 그리고 배우까지 겸업하고 있는 일본 연예계의 거물이었다.

'엄청 유명한 사람이었잖아?'

이제야 모든 것들이 이해가 되었다.

검은 모자를 눌러쓰고 골목에 숨어 아이들을 지켜봤던 것도, 또 소극장 구석에서 몰래 아이들을 지켜봤던 것도 모두 정체를 숨기기 위한 일종의 대비책이었던 것이었다.

켄신, 아니, 다스케 쿠로가 뒷머리를 긁적이며 쓰고 있던 검은 모자를 벗었다. 미안한 얼굴로 그가 입을 열었다.

"본의 아니게 여러분들을 속여서 정말 미안합니다. 여러분들께 폐를 끼칠까 걱정이 되어서 그랬습니다. 정말 죄송합니다."

쿠로가 정중하게 고개를 숙여 보였다. 통역을 전해 들은 현우가 고개를 저었다.

무대에서 내려왔을 때, 인기 연예인이 겪어야 하는 어쩔 수 없는 숙명이었다. 송지유도 공항에 들어가기 전에 얼굴을 칭칭 싸매다시피 했었다.

"괜찮습니다. 어쩔 수 없으셨겠죠. 그런데 이렇게까지 유명한 분인 줄은 미처 몰랐습니다."

"그렇습니까?"

쿠로가 박수호의 핸드폰을 들여다보며 씁쓸하게 웃었다.

"다 지난 일입니다. 부질없는 과거들이죠."

유학생이 쿠로에 대해 써놓은 글의 의하면, 그는 2년째 모든 방송 활동을 중단하고 휴식을 취하고 있었다.

'이유가 뭘까.'

현우는 다스케 쿠로라는 사내에 대해 강한 호기심이 들었다. 방송을 쉬기 전까지는 일본 인기 예능 토크쇼를 15년 가까이 진행을 했었고, 탄탄한 연기력으로 드라마나 영화에서도 인정받는 훌륭한 배우였다.

무엇보다 젠틀하고 친숙한 이미지로 평판도 상당히 좋은 연예인이었다. 그런 그가 2년째 방송을 쉬고 있었다.

"술 한잔 더 하시겠어요?"

현우의 제안에 쿠로가 의외라는 얼굴을 했다. 어쨌든 거짓말을 하고 정체를 숨긴 건 자신이었다.

"저분들도 같이 가십니까?"

"하하. 당연히 데리고 가야죠. 아직 미성년자들이니까 음료수 마시면 될 겁니다."

"그럼 당연히 가겠습니다. 하하"

2차 장소는 으슥한 골목에 있는 허름한 포장마차였다. 간단히 꼬치 몇 종류와 생맥주를 주문했다.

"와아! 진짜예요?!"

"와! 대박!"

쿠로의 진정한 정체를 알게 된 아이들이 호들갑을 떨었다. 이자카야에서 동네 아저씨 대하듯 편하게 굴던 아이들이 쿠로를 어려워하기 시작했다.

"죄송합니다! 저희가 너무 버릇없게 굴었죠?"

김수정이 조심스레 물었다. 쿠로가 손사래를 쳤다.

"아닙니다! 아니에요! 다스케 쿠로이기 전에 여러분들의 열렬한 팬입니다. 그냥 켄신 아저씨로 편하게 대해주세요. 부탁입니다."

일본 연예계의 거물이 데뷔도 하지 않은 아이들에게 쩔쩔매고 있는 모습이 아이러니했다.

"그럼 꼬치 더 시켜도 되나요? 아저씨?"

"하하! 아저씨란 말 좋네요! 시키세요. 얼마든지 사드리겠습니다!"

"진짜죠?!"

배하나가 얼른 손짓을 하며 꼬치를 주문했다. 그 모습에 현우가 피식 웃었다.

"감사합니다, 쿠로 씨. 저희 아이들이 좀 철이 없는데 잘 받아주시네요."

"아뇨! 이게 진짜 천연 아이돌이라는 거죠."

"천연요?"

생소한 단어였다.

"나름 연예계에서 오래 있다 보니 연예인이란 직업을 가지고 있으면서도 동료 연예인들에게 편견을 가지게 되더군요. 일본은 아이돌 천국이에요. 땅도 넓어서 지역별로 활동하는 아이돌이 수없이 많죠. 지금까지 많은 아이돌을 봐왔지만 이렇게 때 묻지 않은 아이돌은 처음 봅니다. 그래서 이 아저씨도 푹 빠진 거 아닙니까?"

"그렇습니까?"

현우는 담담히 고개를 끄덕거렸다. 지금 이 순간에도 아이들은 양손에 하나씩 꼬치를 쥐고 있었다.

핑크플라워 멤버들과 비교를 해봤을 때도 이 아이들은 정말로 순수하고 착했다. 현우도 아이들의 이러한 점을 가장 높게 사고 있었다.

"한 가지 여쭈어 봐도 되겠습니까?"

"네, 물론입니다. 지금까지 너무 제 이야기만 했어요."

"음… 방송을 쉬게 된 계기가 궁금합니다. 혹시 난처하시면 대답하지 않으셔도 됩니다."

현우의 말에 쿠로가 난색을 표했다. 얼마간 더 고민하는가 싶더니, 맥주잔을 단번에 비우고는 입을 열었다.

"일종의 매너리즘입니다. 처음에는 개그맨으로 시작을 해서 운이 좋아 MC 자리까지 올라왔어요. 그러다 어느 순간 재미가 없더군요. 그래서 연기에 도전을 했는데 또 운이 좋았는지 여러모로 잘 풀렸어요. 그런데 사람이란 게 간사하게도 연기마저 질리더군요. 그래서 내 천직이라고도 할 수 있는 일을 내려놓은 거죠."

"그렇군요."

매너리즘은 연예인들이 자주 겪는 일종의 슬럼프였다.

"아저씨가 방송에 나오는 거 보고 싶었는데 안타까워요."

아이들 중 유일하게 일본어를 쓰는 이솔이 말했다. 뒤늦게 이해를 한 아이들도 아쉬움을 표출했다. 시종일관 어두웠던 쿠로의 분위기가 조금 달라졌다.

"정말로 제가 방송에 나오는 모습을 보고 싶어요?"

"네. 좋아하셨던 일이잖아요. 처음 소극장에서 아저씨를 봤을 때 불행한 사람은 아닐까 하는 생각을 했었어요."

"솔이 말이 맞아요! 아까 이자카야에서도 큰 걱정 있는 사람처럼 보였어요. 입은 웃고 있는데 눈은 슬퍼 보였어요. 꼭 마술사 같았어요."

"바보야, 피에로겠지. 하아."

이솔의 말을 거드는 배하나를 보며 이지수가 푹 한숨을 내쉬었다.

아이들의 귀여운 모습에 쿠로가 진한 미소를 지었다. 그러다 쿠로가 고민에 빠진 얼굴을 했다. 방송을 쉬고 홀가분하다고 생각하며 살고 있었는데, 다른 사람들에게는 그렇게 보이지 않았던 모양이었다.

"죄송합니다. 아이들 말이 언짢으셨다면 제가 대신 사과드리겠습니다."

현우가 사과를 했다. 쿠로가 맥주잔을 들여다보며 고개를 저었다.

"아닙니다, 아니에요. 누군가에게 이런 조언을 받는 게 사실 처음이에요. 고맙습니다. 슬픈 피에로라… 하나 씨의 말이 정확하네요."

술자리는 조금 더 이어졌다. 한동안 쿠로는 생각에 잠겨 아이들의 질문을 들어주기만 했다. 그렇게 밤 12시가 다 되어서야 술자리가 끝이 났다.

승합차에 올라탄 아이들을 향해 쿠로가 손을 흔들었다.

"내일 홍보 전단지 돌릴 때 오실 거죠?"

"꼭 오세요! 네?"

"아저씨, 그럼 내일 봐요?"

아이들이 쿠로를 졸랐다.

"1등 팬인데 당연히 가야죠. 가겠습니다."

쿠로가 허허 웃으며 고개를 끄덕거렸다. 승합차가 멀어져 갔고 쿠로는 한참이나 서 있다가 택시를 잡았다.

다음 날 아침. 마지막 공연을 위해 오전부터 현우는 아이들을 데리고 아키하바라로 향했다.

어제 2회 차 공연의 흥행 탓인지 아이들을 돕기 위해 많은 팬이 몰려들었다. 팬들의 호위 속에서 별 탈 없이 홍보 전단지를 돌리나 싶었다.

"누가 여기서 마음대로 전단지 돌리랬어?!"

갑자기 사람들이 나타나 현우 일행의 앞을 가로막았다.

"형님, 저 사람입니다. 저 사람이 그때 그 매니저인가 뭔가

하는 사람이에요."

"그래?"

현우는 팬들을 끌고 온 매니저를 살펴보았다. 우락부락한 인상에 덩치도 컸다. 덩치 매니저가 현우에게로 다가와 소리쳤다.

"이봐! 네가 저 아이들 매니저야? 한국에서 왔다며? 한국인이면 한국에서 공연이나 할 것이지, 왜 일본까지 와서 영업 방해를 하는 거야?!"

통역을 전해 들은 현우가 피식 웃었다.

"정당하게 소극장을 대여해서 공연을 하는 건데 무슨 잘못이 있나? 오히려 영업 방해는 당신들이 하고 있는 거 같은데? 이럴 시간 있으면 전단지나 돌려. 괜히 시간 낭비 말고."

"형님, 진짜 이대로 통역해요?"

"어, 내가 한 말 그대로."

현우는 단호했다. 통역을 전해 들은 덩치 매니저의 얼굴이 시뻘게지며 고래고래 일본어로 소리를 질렀다. 덩치 매니저와 함께 있던 팬들이 아이들의 전단지를 빼앗으려 달려들었다.

"저 인간들 오타쿠들이 아냐! 봐봐!"

아이들의 팬 중 몇몇이 소리를 질렀다. 오타쿠라고 보기에는 다들 분위기가 이상했다.

옷차림 하며 커다란 백 팩까지 겉모습은 전형적인 오타쿠였는데, 인상들이 어딘가 모르게 험악했다.

“우리 아이들을 지키자!”

팬들이 아이들을 둘러쌌다.

“오타쿠 새끼들이!”

“으악!”

덩치 매니저의 명령을 받은 가짜 팬들이 아이들을 둘러싼 팬들을 향해 거침없이 주먹을 날렸다. 순식간에 아키하바라의 뒷골목이 난리가 났다.

“너 깡패였냐?”

현우가 굳은 얼굴로 덩치 매니저에게 물었다. 처음부터 매니저라고 보기에는 무언가 무리가 있어 보였다.

“넌 알 거 없어. 네 잘난 아이들 데리고 당장 한국으로 꺼져!”

“왜? 우리 아이들이 관객들을 쓸어가니까 쫄려? 그럼 이런 양아치 짓 하지 말고 너희 아이들 연습이나 더 시켜.”

“이 새끼가!”

통역을 하는 박수호를 향해 주먹을 날리려다 덩치 매니저가 현우에게 주먹을 날렸다. 퍽! 현우의 고개가 홱 돌아갔다.

“쳤어?!”

갑자기 송지유가 나타나 현우의 앞을 가로막았다. 싸늘한 표정으로 송지유가 덩치 매니저를 노려보았다.

“넌 뭐야? 난 여자라고 안 봐줘!”

"나도 남자라고 안 봐줘."

송지유가 조금 전 노점상에서 샀던 봉지를 있는 힘껏 던졌다. 퍽! 봉지가 터지며 타코야키가 덩치 매니저의 얼굴로 흘러내렸다.

"으악! 뜨거! 이 미친년이!?"

덩치 매니저가 송지유에게로 달려들기 시작했다. 현우가 서둘러 덩치 매니저의 앞을 가로막았다.

"우리 지유 털끝이라도 건드렸다간 진짜 가만 안 둔다!"

잔뜩 화가 난 현우가 덩치 매니저에게 달려들었다. 퍽! 퍽! 주먹이 오고 갔다. 체구가 훨씬 작았지만 현우는 절대 밀리지 않았다. 두 대를 맞으면 필사적으로 세 대를 때렸다.

"제, 제길!"

결국 박수호가 달려들어 덩치 매니저를 떼어내었다. 평화롭던 아키하바라 골목이 난장판이 되었다. 팬들은 아이들을 지키기 위해 가짜 팬들을 몸으로 막고 있었고, 현우와 박수호는 덩치 매니저와 사투를 벌이고 있었다.

"어, 언니! 어떻게 해요?!"

김수정이 눈물을 흘리며 물었다. 간신히 정신을 차린 송지유가 지나가던 시민 한 명을 붙잡았다.

"빨리 경찰에 신고해 주세요!"

얼마 안 가 경찰들이 도착했다.

"다들 그만! 그만하세요!"

사이렌까지 울리며 경찰들이 소리치자 다들 그대로 행동을 멈추었다. 장내를 둘러본 경찰들이 당황해했다.

오타쿠들끼리 치고받고 싸운 것도 모자라 커다란 덩치의 남자를 두 젊은 남자가 팔까지 꺾어가며 제압을 한 상태였다.

경찰들이 곧장 상황을 파악하기 시작했다. 시민들이 적극적으로 나서서 현우 일행이 먼저 맞았다고 말을 했다. 그런데 분위기가 묘하게 흘러갔다.

덩치 매니저와 가짜 팬들, 그리고 어디선가 나타난 사람들의 말을 듣고 현우를 바라보는 경찰들의 눈초리가 이상해졌다.

"한국에서 오셨다고요?"

"네. 그렇습니다."

"그럼 두 분이서 저분을 저렇게 만들어놓으신 겁니까?"

현우에게 얻어터진 덩치 매니저는 몰골이 말이 아니었다. 박수호가 서둘러 입을 열었다.

"저쪽에서 먼저 시비를 걸고 폭행을 했습니다. 저와 현우 형님은 당연히 정당방어를 한 겁니다."

"어쨌든 두 사람이 한 사람을 눕혀놓고 때린 건 사실 아닙니까?"

경찰이 따지고 들었다. 박수호로부터 통역을 전해 들은 현우는 어이가 없었다.

"이봐요. 주변 시민분들이 그럼 거짓말을 한다는 겁니까?"

박수호가 얼른 통역을 했다. 경찰이 고개를 휙 저었다.

"그건 모르죠. 일단 같이 가주셔야겠습니다."

덩치 매니저가 의기양양한 얼굴로 현우를 쳐다보았다. 아이들이 눈물을 터뜨렸고, 송지유는 분한 얼굴로 입술을 깨물고 있었다.

"형님, 어떻게 하죠? 저도 유학생이라 아무래도 현지인들 말을 더 믿는 거 같은데요?"

"하. 젠장!"

아이들의 팬들이 항변을 했지만 소용이 없었다. 오타쿠라며 경찰들이 은연중에 팬들을 무시하고 있었다.

"거 봐! 이 한국인 놈아! 일본에서는 일본의 법을 따라야 하는 거야!"

덩치 매니저가 퉁퉁 부은 얼굴로 이죽거렸다.

그런데 별안간 주변이 소란스러워졌다.

"다, 다스케 쿠로다!"

"진짜야! 다스케 쿠로 씨다!"

시민들 사이를 뚫고 다스케 쿠로가 나타났다. 검은 모자를 손에 든 채로 쿠로가 경찰들을 향해 입을 열었다.

"제가 여기 한국에서 오신 분들의 보호자입니다. 저랑 이야기하세요."

"다스케 쿠로 씨 아닙니까?! 영광입니다."

경찰이 대뜸 쿠로와 악수를 나누었다. 쿠로가 현우 일행을 보며 빙그레 웃었다.

"걱정 마세요. 제가 다 해결하겠습니다."

쿠로의 등장에 경찰들의 분위기가 확 달라졌다. 1등 팬의 위엄은 실로 엄청났다.

아키하바라 파출소는 사람들로 북적였다. 현우 일행이나 팬들과 다르게 덩치 매니저와 가짜 팬들은 수갑까지 차고 조사를 받고 있었다.

"현우 씨와 다른 분들의 신원 보장은 제가 하겠습니다. 그리고 저 사람들은 법대로 처벌을 해주셔야 할 겁니다."

사람 좋기로 유명한 다스케 쿠로가 딱딱하게 굳은 표정을 하고 있었다.

경찰들은 쿠로에게 연신 미안한 얼굴을 했다. 파출소로 와서 신원 조회를 해보니 덩치 매니저와 가짜 팬들은 대부분 폭력 전과가 있었다. 특히 덩치 매니저는 전과가 화려했다.

"예, 알겠습니다. 설마 다스케 쿠로 씨를 저희가 믿지 못할까요? 저 덩치는 아무래도 야쿠자 밑에서 수하 노릇을 하는 작자 같습니다. 조사는 저희가 책임지고 계속하겠습니다. 정말 죄송합니다, 다스케 쿠로 씨."

"아닙니다. 그렇게까지 말씀해 주시는데 저도 다 잊었습니다."

쿠로가 고개를 숙이며 감사를 표했다. 경찰들이 황망한 얼굴로 앞다투어 고개를 숙였다.

"누가 보면 경찰청장인 줄 알겠네. 쿠로 씨가 그렇게나 대단한 사람이야?"

현우가 박수호에게 물었다.

"네. 어제 검색해 봤는데 장지석 정도는 된다는데요?"

"지석이 형님 정도라고?"

현우는 깜짝 놀랐다. 장지석이라면 대한민국에서 가장 많은 사랑을 받는 유명인이었다.

쿠로가 그와 비견될 정도라니. 하지만 믿을 수밖에 없었다. 머리가 희끗한 파출소 소장도 쿠로 옆에 딱 붙어 있었다.

"기부도 많이 하시고 일본 유명 MC치고는 사생활도 깨끗하다고 하네요. 그 초식남의 원조라고도 하는데요? 결혼 안 하는 남자라고 아시죠? 일본 드라마요."

"당연히 알지."

"소문에는 작가가 쿠로 씨를 보고 영감을 얻었다는 말도 있어요."

"그러냐, 아악!"

현우가 별안간 비명을 질렀다. 송지유가 터진 입술에 소독약을 바르고 있었다.

"깜빡이는 켜고 들어와야지! 따갑잖아!"

현우가 얼굴을 구겼다. 눈언저리가 퉁퉁 부은 박수호와 달리 현우는 터진 입술을 제외하곤 비교적 얼굴이 멀쩡했다.

"무슨 남자가 그렇게 엄살이 심해요? 육군 병장 출신이라면서요? 둘이서 귀신도 잡는다고 하지 않았어요?"

"귀신은 사람 못 때리잖아."

"하여간 말이라도 못하면."

송지유가 아랑곳하지 않고 현우의 얼굴에 연고를 발랐다. 서로 얼굴을 마주하고 있었는데 송지유는 그 어느 때보다도 진지한 표정이었다.

"넌 다친 곳 없어?"

"없어요. 오빠가 대신 다 맞아줬잖아요."

"알긴 아는구나. 그러니까 타코야키는 왜 던져?"

"돌 던지려다 말았거든요?"

"그래, 잘했다."

현우가 피식 웃었다. 그 사이 쿠로가 현우 일행에게로 다가와 푹 고개를 숙였다.

"후우. 제가 조금만 더 빨리 왔으면 이런 일은 없었을 텐데, 정말 죄송하고 면목 없습니다."

"아니에요. 아저씨가 와주셔서 저희들 다 살았어요."

이솔이 미소를 지으며 말했다.

"아저씨 최고예요! 이렇게 유명한 사람인 줄 몰랐어요!"

"1등 팬다워요!"

배하나가 헤헤 웃었다. 이지수는 엄지까지 척 들어 보였다.

"1등 아저씨답네요."

유지연도 조용히 웃으며 말했다. 아이들의 칭찬에 쿠로의 입이 귀에 걸렸다.

"하하! 연예인 하길 잘했다는 생각을 오늘 처음 해보네요."

"정말 감사합니다. 쿠로 씨가 아니었으면 정말 큰일 날 뻔했습니다. 덕분에 지유나 아이들은 멀쩡합니다. 다 쿠로 씨 덕분이에요."

현우의 말에 쿠로가 빙그레 웃었다. 일본 연예계에서 잔뼈가 굵은 그였다. 사실 자신은 별로 한 것이 없었다. 소속 연예인들을 필사적으로 지켜낸 건 현우였다.

'죽겠네.'

애써 태연한 척을 하고 있었지만 온몸이 쑤시고 아팠다. 하지만 공연을 앞두고 있는 아이들에게 부담을 주고 싶지 않았다.

"여러분들은 정말 좋은 매니저를 두고 계시는 겁니다."

"하하. 쑥스럽네요."

현우가 머리를 긁적였다.

"대표님. 우리 공연 어떻게 해요? 벌써 8시 다 되어가요."

김수정이 걱정이 가득한 얼굴로 현우에게 물었다. 어느덧 시간은 저녁 7시 30분이 넘어가고 있었다. 하필 마지막 3회 차 공연을 앞두고 악재가 일어났다. 지금 당장 출발을 해야 공연 시간에 간신히 맞출 수가 있었다.

하지만 가장 큰 문제는 아이들의 상태였다. 현우와 팬들이 몸을 날려 막아준 덕분에 다친 곳은 없었지만, 헤어나 메이크업, 그리고 옷들도 엉망이었다. 무엇보다 아이들에게 심리적으로 휴식을 취할 시간을 주어야 했다.

"흐음."

현우는 고민했다. 3회 차 공연을 취소할 수는 없었다. 머리를 굴리던 현우가 마침내 입을 열었다.

"수호야, 극장에 연락해서 당장 공연 취소해."

"네?! 진짜요?!"

박수호가 깜짝 놀랐다. 아이들도 마찬가지였다. 송지유는 담담했다. 영문을 모르는 쿠로는 눈동자를 깜빡거리기만 했다.

* * *

아키하바라의 중심이자 전자 상가 밀집 지역에 경찰차들이 사이렌을 울리며 들이닥쳤다. 영문을 모르는 사람들은 고개를 갸웃거렸다.

8대의 경찰차가 공사장 앞에서 멈추어 섰다. 경찰차 문이 일제히 열리며 현우가 가장 먼저 모습을 드러내었다.

"흠."

현우가 공사장을 둘러보았다. 소극장보다 족히 네다섯 배는 넓었다. 그리고 다스케 쿠로가 방송계 쪽 인맥을 동원하여 공사장 중앙엔 조명과 공연 장비들이 설치되고 있었다.

"마음에 드시는지요?"

경찰 한 명이 현우에게 물었다.

"정말 마음에 듭니다. 특별히 공연 허가도 내주시고, 또 이런 곳까지 알아봐 주시고 정말 감사합니다. 그런데 바쁘신 분들이 계속 여기에 계셔도 되는 겁니까?"

"한 시간 정도면 문제없습니다. 정당하게 공연 허가를 받으셨고 저희들은 공연장 치안 유지 명목으로 나왔으니 문제가 없습니다. 현우 씨와 일행분들에게 저희가 잘못한 점도 있고, 무엇보다도 파출소장님이 다스케 쿠로 씨의 열렬한 팬이십니다. 저희도 마찬가지고요. 합법이니까 신경 안 쓰셔도 됩니다."

"그렇다면 다행입니다."

한국어가 능숙한 팬으로부터 말을 전해 들은 현우가 씩 웃었다. 경찰들이 공사장 중앙에 만들어진 무대로 가이드라인을 쳤다.

"우와! 공사장에서 공연이라! 대단합니다!"

소극장 직원이 소극장에서 팬들을 데리고 나타났다. 연락을 받고 이곳까지 오게 된 팬들도 놀라움을 감추지 못했다. 공사장 중앙으로 그럴듯한 무대가 만들어지고 있었기 때문이었다.

파출소에서 같이 온 팬들과 함께 다른 팬들이 좋은 자리를 선점하기 위해 가이드라인 앞으로 몰려들었다.

대략 300명에 가까운 팬들이 가이드라인으로 다닥다닥 달라붙었다. 현우는 급히 핸드폰을 들었다.

"수호야, 어디냐?"

—형님, 갑자기 길이 막혀요. 공연 시간보다 10분 정도 늦을 거 같은데요?

"아이들은?"

—완벽합니다. 근데 공연에 늦으면 어떻게 하죠?

핸드폰 너머 들리는 박수호의 목소리에 걱정이 가득 담겨 있었다. 현우가 시간을 확인했다. 8시부터 기다려 준 팬들을 더 이상 기다리게 할 수는 없었다.

현우의 시선이 팔짱을 끼고 있는 송지유에게로 향했다.

"왜 그래요?"

"지유야 미안한데… 부탁 하나만 할게. 아이들 도착할 때까지 노래 한 곡만 해줄 수 있겠어?"

송지유가 그럴 줄 알았다는 듯 한숨을 내쉬었다.

"가능할까?"

"당연히 해야 하는 거 아니에요?"

현우는 안도의 한숨을 내쉬었다.

"근데 MR이 없어."

급히 공연 준비를 하느라 아이들이 부를 노래의 MR만 간신히 챙긴 상태였다. 현우가 미안한 얼굴을 했다.

"그냥 부를게요."

"그럴래?"

"네."

"근데 뭐 부를 건데?"

현우의 질문에 송지유가 살짝 묘한 미소를 지었다.

"뭐 듣고 싶어요?"

"어? 내가 고르라고? 음… Fly Me To The Moon 어때? 일본 팬들도 좋아할 거야. 예전에 누구였더라? 우타다 히카루도 이 노래 불렀었잖아."

우타다 히카루는 뉴욕 출생의 재미 교포 출신 가수였다.

일본인들이 가장 사랑하는 국민 아티스트로서 15살에 데뷔를 한 천재 여자 가수였다. 2000년대 일본 음악을 대표하는 가수로, 요즘은 음악 활동을 중단하고 평범한 삶을 살고 있었지만 일본 음악 차트인 오리콘에서는 전설적인 가수로 남아 있었다.

"좋아요."

현우의 손을 잡고 송지유가 무대로 향했다. 아이들을 기다리던 팬들이 어리둥절한 얼굴을 했다. 무대 중앙에 서자 조명들이 송지유를 비췄다. 스탠드 마이크와 작은 의자가 놓였다. 송지유가 작은 의자에 앉아 편하게 다리를 꼬고 마이크를 잡았다.

"제 이름은 송지유입니다. 한국에서 왔어요. 아이들이 조금 늦을 거 같아서 제가 노래 한 곡 부를까 하는데 괜찮을까요?"

조금 더듬거리기는 했지만 송지유의 일본어는 군더더기가 없었다.

"한국 배우 아니었어? 노래를 한다는데?"

"가수일걸? 저번에 소극장에서 수정 짱이 그랬는데 가수 선배라고 했어."

"그래? 저렇게 예쁜데 가수라고? 노래를 잘할 것 같지는 않아. 그치?"

"그건 모르는 거지. 수정 짱도 예쁜데 노래 잘하잖아."

팬들끼리 의견이 분분했다. 하지만 대체적으로 큰 기대는 걸지 않고 있었다. 지금의 일본은 우타다 히카루 같은 정통파 솔로 여가수보다는 아이돌 전성시대였기 때문이었다.

송지유가 한 손으로 마이크를 잡았다. 송지유가 작게 호흡을 골랐다. 그리고 천천히 두 눈을 감았다. 현우가 떨리는 마음으로 송지유를 바라보았다.

MR도 없이 심지어 클래식 기타도 없이 송지유가 노래를 부르기 시작했다.

Fly Me To The Moon

날 달로 날아가게 해줘요

첫 소절에 부산스럽던 공사장이 정적으로 물들었다. 청아하고 아련한 음색이 공사장을 물들였다.

송지유가 두 눈을 뜨며 팬들을 눈동자에 담았다. 아아! 눈이 마주친 몇몇 팬들이 탄성을 내질렀다. 별생각 없이 가이드라인을 지키던 경찰들도 마찬가지였다.

1절이 끝나자 엄청난 환호성이 터져 나왔다. 송지유가 특유의 묘한 미소를 짓자 환호성은 더욱 커졌다.

길을 지나던 사람들도 송지유의 노래에 이끌려 공사장으로 몰려들기 시작했다.

'미쳤다. 송지유!'

현우도 놀랐다. 'Fly Me To The Moon'은 1950년대에 만들어진 곡으로 많은 가수가 부른 노래였다. 하지만 그중에서도 가장 유명한 것은 1994년 그래미 레전드 어워드 상까지 수상한 미국의 전설적인 가수인 프랭크 시나트라가 불렀던 'Fly

Me To The Moon'이었다.

프랭크 시나트라의 라이브 공연을 본 적은 없었지만 현우는 본능적으로 알아차렸다. 송지유가 부르는 이 노래는 지금만큼은 송지유만의 노래였다.

그사이 송지유가 2절을 부르기 시작했다. 그런데 조금 묘했다. 송지유가 가이드라인에서 조금 떨어진 곳에 서 있는 현우를 쳐다보고 있었다.

1절과 같은 가사에, 같은 멜로디였지만 무언가가 달랐다. 현우는 서서히 송지유의 음색에 그리고 눈동자에 빨려 들어갔다.

"……."

와아아! 공사장을 울리는 환호성에 현우가 그제야 정신을 차렸다. 팬들의 환호를 받으며 송지유가 의자에 앉아 현우를 빤히 쳐다보고 있었다.

"……."

기분이 오묘했다. 가슴이 두근거리고 간질간질했다. 송지유가 손을 내밀고 빤히 현우를 쳐다보고 있었다.

"현우 씨?"

쿠로의 말에 정신을 차린 현우가 황급히 송지유에게로 걸어가 손을 잡았다. 송지유가 현우를 빤히 쳐다보았다.

"내 노래 어땠어요?"

"어, 음. 좋았는데?"

"그것뿐이에요? 뭐, 됐어요. 원래 멍청이 바보니까."

"뭐라고?"

"됐어요. 근데 애들 왔어요?"

"모, 모르겠는데?"

현우가 멍을 때렸다. 송지유가 픽 웃었다.

"저기 쿠로 씨랑 같이 오네요."

마중을 나간 쿠로와 아이들이 함께 다급하게 무대 쪽으로 뛰어오고 있었다. 송지유를 향해 앵콜을 외치던 팬들이 아이들에게 환호성을 보내기 시작했다. 참 절묘한 타이밍이었다.

"대표님! 언니!"

아이들이 조명 안으로 들어왔다.

"힝. 우리 망했어! 지유 언니가 노래를 부르면 우리는 어떻게 해요?"

"진짜 망했어요."

배하나를 시작으로 차분한 유지연까지 울상을 했다. 현우가 쓰게 웃었다.

"차라리 잘됐네. 지유한테 팬들 뺏기지 않으려면 어제보다 더 열심히 해야 할걸?"

"대표님 진짜 나빠요."

"헬로키티 가면 쓰고 그런 말은 하지 말자."

현우가 웃으며 이솔에게 말했다.

"제가 도움을 좀 드려도 되겠습니까?"

쿠로가 넌지시 물었다.

"도움요?"

현우가 되물었다. 쿠로의 도움은 이미 차고 넘쳤다.

"오랜만에 진행을 해보고 싶네요."

"네?!"

현우뿐만 아니라 모두가 놀랐다. 슬럼프로 2년 넘게 방송을 쉬고 있는 쿠로가 아니었던가.

"아저씨 최고예요!"

배하나만 혼자 헤헤 웃으며 소리쳤다. 이지수가 눈치 없는 배하나의 옆구리를 꼬집었다. 현우가 진지한 얼굴을 했다.

"이미 신세는 충분히 졌습니다. 괜히 저희 아이들 때문에 무리하실 필요는 없습니다, 쿠로 씨."

"아닙니다. 공사장 무대도 그렇고 방금 전 지유 씨 노래도 그렇고… 여러모로 감명 깊었어요. 주책 같지만 갑자기 다시 마이크를 잡아보고 싶네요. 입이 근질근질합니다. 하하."

쿠로가 민망한 얼굴을 했지만 아무도 그를 이상하게 보지 않았다. 현우가 마이크 하나를 집어 들고는 쿠로에게 건넸다.

"쿠로 씨가 1등 팬에 이어서 우리 아이들 첫 사회를 봐주시게 되네요. 영광입니다."

"하하. 영광은요. 그럼 진행을 해볼까요?"

쿠로가 마이크를 들고 무대로 섰다.

"안녕하세요? 다들 잘 지냈지요? 다스케 쿠로가 오늘부로 복귀를 했습니다! 다들 뭐 해요? 박수! 아니지! 박수는 여기 우리 소녀들에게 보내야죠!"

와하하! 웃음과 함께 아이들을 향해 박수가 쏟아졌다.

"여기 이쪽은 다들 알죠? 우리 어른스러운 꼬마 대장 수정 짱입니다!"

김수정이 팬들에게 손을 흔들었다.

"자자. 서열 2위이자 실질적인 브레인이죠! 얼음 소녀 지연 짱입니다!"

유지연이 별명과 어울리지 않게 밝게 웃으며 손을 흔들었다. 쿠로가 이번에는 얼굴을 구기며 배하나와 이지수를 무대 가운데로 나오게 했다.

"으음. 뭐라고 설명을 해야 할까요? 그냥 하나 짱이랑 지수 짱?!"

"아! 뭐예요!"

"이 아저씨가!"

배하나와 이지수가 양쪽에서 쿠로의 팔을 잡아당겼다. 팬들이 웃음을 터뜨렸다.

"하하! 그럼 소개할까요? 최강 만담 듀오! 큐티 섹시 하나 짱과, 구미호 지수 짱! 구미호는 한국에서 유명한 꼬리 아홉

개 달린 여우라고 하네요!"

쿠로가 마지막으로 이솔을 소개했다.

"자! 오사카가 낳은 최고의 히트작이 될 소에 짱입니다! 이미 아키하바라에서는 유명하다죠? 일명 키티걸!"

와아아! 뜨거운 환호성이 쏟아졌다. 탁월한 실력에 헬로키티 가면까지 쓴 이솔은 오타쿠들에게는 만화가 아닌 실제로 존재하는 신비 미소녀였다.

"그럼 공연 시작하겠습니다!"

쿠로의 목소리가 공사장을 가득 울렸다.

그리고 아이들의 마지막 공연이 펼쳐졌다.

* * *

나리타 국제공항으로 현우 일행이 한가득 짐을 끌고 나타났다.

"후우. 속 쓰려 죽겠네."

현우가 얼굴을 찌푸렸다. 뒤풀이를 한답시고 쿠로와 함께 새벽까지 술을 마신 게 화근이었다.

"태명이네?"

새벽 6시가 조금 넘은 시간에 손태명으로부터 국제 전화가 왔다.

"응, 나야. 일찍 일어났네?"

—야! 김현우!

"어, 왜?"

—너 대체 일본에서 뭐 하고 다닌 거야?! 지금 한국은 난리 났어! 난리!

"뭐가 난리가 났다는 거야?"

가뜩이나 속도 쓰렸는데 새벽부터 손태명이 노발대발 열을 내었다.

현우는 머리를 긁적였다.

"내가 뭘?"

—얼른 인터넷 확인해 봐!

통화를 끝낸 현우는 급히 핸드폰으로 포털 사이트를 확인해 보았다.

[어울림 김현우 대표, 일본에서 폭력 시비?]

[일본 현지인과 주먹다짐? 송지유 상승세에 제동 거나?]

기사 제목을 보자마자 현우의 얼굴이 굳었다. 현우는 일단 기사를 클릭해 보았다.

[어울림 김현우 대표, 일본에서 폭력 시비?]

송지유의 소속사 어울림의 김현우(26) 대표가 일본 아키하바라에서 일본인들과 주먹다짐을 벌였다는 소문이 돌고 있다. 당시 아키하바라에서 관광을 하던 관광객들이 촬영한 영상을 올리며 사건은 일파만파 커지고 있다. 현재 어울림으로부터의 정식 해명은 나오지 않고 있다. 어울림의 관계자에 의하면 김현우 대표는 오늘 아침 일본에서 귀국함과 동시에 해명 기자회견을 벌일 것으로 추정된다. 자세한 정황은 김현우 대표의 입에서 밝혀질 전망이다.

어울림의 관계자라면 손태명이 분명했다. 현우는 수많은 댓글을 확인했다. 온갖 추측성 댓글이 난무했다.

"자세한 정황은 김현우 대표의 입에서 밝혀질 전망이다? 아무것도 모르면서 이딴 기사를 써? 이런 재활용도 안 되는 기레기 새끼들."

화가 치밀었다. 일단 기삿거리가 되겠다 싶으면, 전후 사정 확인도 안 하고 던져놓고 보는 연예 기자들의 습성을 여과 없이 보여주고 있었다.

"무슨 일 있어요?"

"대표님?"

송지유와 아이들이 현우를 빤히 쳐다보고 있었다. 일단 대처를 해야 했다. 현우는 송지유와 아이들에게 한국에서 벌어지고 있는 상황들을 설명했다.

자신들 탓이라며 아이들이 자책을 했다. 어쨌든 자신들을 지키려다 벌어진 일이었기 때문이었다. 현우가 쓰게 웃었다.

"이게 왜 너희들 잘못이야? 애초에 소극장 공연하자고 제안한 것도 나였고, 홍보 전단지 돌리는 데 와서 방해한 놈들이 나쁜 거지. 걱정 마라. 기레기들 상대하는 데는 이골이 났거든. 그리고 우리가 떳떳한데 뭐가 문제야?"

"정말 괜찮을까요?"

김수정이 눈물을 훔치며 물었다. 현우가 그런 김수정의 머리를 쓱쓱 쓰다듬으며 대답했다.

"진짜 괜찮다니까? 지유, 너는 나 믿지?"

송지유가 고개를 끄덕거렸다. 그 모습을 보고 나서야 아이들도 진정을 했다.

"비행기 탑승까지 시간 있으니까 선물들 사고 있어. 이건 너희가 번 돈이야."

현우는 아이들에게 봉투 하나씩을 주었다. 총 3번의 공연을 하며 벌어들인 수입이 300만 원이 조금 넘었다. 여기에 현우가 사비로 200만 원을 더 채웠다. 아이들에게 적어도 100만 원씩이 돌아간 셈이었다.

돈 봉투를 받아 든 아이들이 언제 그랬냐는 듯 웃었다. 아이들답게 순수했다. 특히 이솔을 제외한 아이들은 현우가 건

넨 봉투를 보고 크게 감동을 받은 상태였다. 보통 정산은 기획사에서 손익분기점을 넘긴 후부터 지급하는 경우가 허다했다. S&H 출신인 아이들이 이 사실을 모를 리가 없었다.

"감사합니다, 대표님!"

아이들이 입을 모아 꾸벅 고개를 숙여 보였다.

"우리 사이에 격식은 됐고, 사고 싶은 거 있으면 사. 난 잠깐 밖에서 바람 좀 쐬고 올게. 지유 네가 아이들 좀 보고 있어."

"알았어요. 금방 와요."

"오케이."

송지유와 아이들을 등지고 선 현우의 얼굴이 또다시 굳어졌다. 공항 밖으로 나간 현우는 전화를 걸었다.

"훈민 형님?"

—엉, 현우냐? 너 괜찮아? 조금 전에 기사 봤다. 다친 곳은 없고?

"멀쩡해요. 형님, 부탁 하나 드리겠습니다."

—부탁? 네가 나한테? 기분 좋다 야. 뭔데, 말해봐.

현우가 정훈민과 통화를 하는 사이에 커다란 관광버스가 공항으로 들어섰다.

"형님!"

박수호가 다스케 쿠로와 함께 버스에서 내리며 현우를 불렀다. 관광버스에서 아이들의 팬들이 쏟아져 나왔다.

현우는 어안이 벙벙했다. 수많은 팬이 마중을 나왔다. 불편했던 현우의 마음이 그나마 편해졌다.

"쿠로 씨가 다 데리고 오신 건가요?"

"그럼요. 당분간 못 볼 텐데 저만 아이들을 마중하는 건 조금 치사하지 않습니까?"

"하하. 그렇긴 하네요. 마지막까지 신경 써주셔서 정말 감사합니다, 쿠로 씨."

현우가 정중하게 고개를 숙였다. 관광버스를 빌리는 데도 제법 돈이 들었을 것이다. 하지만 쿠로의 마음 씀씀이가 더 고마웠다.

"애들이 기다리고 있을 겁니다. 가시죠."

현우가 쿠로와 팬들을 이끌고 공항 안으로 들어섰다. 이른 시간이라 공항 내에 사람이 별로 없었다. 그래서 그런지 다스케 쿠로와 팬들은 더욱 눈에 띄었다.

선물을 사고 있던 아이들이 쿠로와 팬들을 발견하곤 함박웃음을 지었다. 팬들은 응원 피켓은 물론이고 커다란 현수막까지 들고 왔다.

아이들이 일렬로 섰다. 그리고 고개를 숙였다.

"짧았던 시간이었지만 저희들을 사랑해 주시고 아껴주셔서 정말 감사해요. 여러분을 잊지 않을 거예요. 그러니까 여러분도 저희를 잊지 말아주세요. 꼭 데뷔해서 일본에 다시 올 거예요. 그러니까 꼭 기다려 주세요."

이솔이 대표로 팬들에게 말했다. 이솔의 말이 끝남과 동시에 아이들이 눈물을 흘렸다. 팬들 중에서도 아이들을 따라 눈물을 흘리는 사람이 많았다.

"……"

현우는 송시유와 함께 이 광경을 보면서 많은 생각이 들었다. 남들이 보면 오타쿠라고 손가락질을 하겠지만 적어도 이 사람들은 의리는 있었다. 그래서 고마웠다.

"대표님. 팬분들이랑 작별 인사해도 될까요?"

이솔이 처음으로 현우에게 의견을 내놓았다.

"그렇게 해. 또 언제 볼지 모르니까."

"네, 감사해요!"

아이들이 팬들과 일일이 악수를 나누었다. 어쩌면 마지막이라는 생각에 아이들과 팬들이 다 같이 울음을 터뜨렸다.

마지막으로 아이들이 쿠로의 앞에 섰다. 쿠로가 빙긋 웃고 있었다.

"한국에 돌아가시면 열심히 연습해서 꼭 데뷔하셔야 합니다. 아셨죠?"

"아저씨!"

아이들이 일제히 쿠로에게 안겼다. 쿠로가 조금 놀란 얼굴을 하더니 이내 아빠 미소를 지으며 아이들을 다독여 주었다.

그러다 현우와 눈이 마주쳤다.

"죄송합니다. 현우 씨, 제가 실례를……."

"아닙니다."

다스케 쿠로의 됨됨이는 현우도 직접 겪어 잘 알고 있었다. 쿠로와 작별 인사를 한 아이들이 팬들에게 마지막으로 손을 흔들었다.

출국 심사장으로 들어가기 전 쿠로가 현우를 불렀다.

"현우 씨!"

"예?"

"수호 씨한테 들었습니다. 한국에서 좋지 않은 기사가 떴다던데 사실입니까?"

"사실입니다. 그런데 쿠로 씨는 신경 쓰지 않으셔도 됩니다. 더 이상 신세를 질 수는 없죠. 그나저나 방송 복귀는 언제 하시는 겁니까?"

"잘 모르겠습니다. 최대한 빨리 복귀를 해야겠지요. 현우 씨도 큰 걱정은 하지 않아도 될 겁니다."

미소를 짓고는 쿠로가 현우에게 손을 내밀었다. 현우가 그의 손을 맞잡았다.

"아이들 꼭 데뷔시켜 주시리라 믿습니다. 현우 씨만 믿겠습니다."

"하하. 1등 팬답네요. 그럼 가보겠습니다."

현우는 마지막으로 박수호의 어깨를 잡았다.

"수고했다. 기회 되면 또 보게 될 거야. 혹시 한국 오게 되면 나한테 먼저 연락해라. 그리고 이건 용돈이다."

"혀, 형님! 이미 받을 건 다 받았는데 또 용돈까지 주시면 제가 염치가 없습니다."

"염치없으라고 주는 거다. 공부 빡세게 해라. 그럼 간다."

현우가 송지유와 아이들을 데리고 출국 심사장으로 사라졌다.

*　　　*　　　*

"김현우 대표님! 일본에서 있었던 폭력 사건에 대해 한 말씀 부탁드립니다!"

"송지유 씨는 다친 곳 없나요? 항간에는 일본인들이 송지유 씨를 추행하려고 했다던데 사실입니까?!"

인천 국제공항에 도착하고 현우와 송지유가 모습을 드러내자 기자들의 끝없는 질문과 함께 플래시 세례가 쏟아졌다.

'더럽게 많이도 왔네.'

현우가 표정을 구겼다. 기자들 입장에서는 큰 사건이긴 했다. 하지만 이건 너무 과하다 싶었다. 현우는 기자들에게 둘러싸여 있었지만 묵묵히 길을 열며 앞으로 나아갔다.

"대표님! 대표님! 한 말씀 해주시죠! 이대로 가시면 오해만 쌓입니다!"

'오해? 오해는 너희들이 다 만든 거 아냐?'

속으로 냉소를 흘리며 현우는 앞으로 나아갔다.

"혀, 현우야!"

손태명의 목소리가 들렸다. 그리고 그 순간 익숙한 얼굴들이 나타나 기자들 속에서 현우 일행을 이끌었다. 무모한 형제들의 스탭들이었다.

"동생아! 형 왔다!"

뒤늦게 나타난 정훈민이 스탭들과 함께 현우 일행을 기자들로부터 구출해 내었다.

당황한 기자들이 현우 일행을 뒤쫓기 시작했지만 숱한 추격전 촬영으로 단련된 무형 스탭들은 노련하게 기자들을 따돌렸다.

공항 밖으로 나오자마자 드르륵, 초록색 봉고차의 문이 열렸다.

"서둘러!"

손태명이 소리쳤다. 현우는 서둘러 송지유와 아이들을 태우고 마지막으로 조수석에 올라탔다. 기자들이 아우성을 치며 따라오려 했지만 이미 초록색 봉고차와 무형 제작진의 승합차들은 공항을 빠져나간 뒤였다.

유유히 공항을 빠져나온 초록색 봉고차와 승합차들이 어울림 건물 앞에서 연이어 멈추어 섰다. 어울림 건물 앞으로 촬영 스탭들과 제작진들의 모습이 보였다.

"하하! 첩보 작전 대성공인데?! 현우야! 기자들 표정 봤냐? 갑자기 우리가 나타나니까 다들 놀라가지고 어쩔 줄을 모르던데?"

승합차에서 내린 정훈민이 통쾌한 웃음을 터뜨렸다. 황당해하던 기자들의 표정이 아직도 생생했다.

"오랜만입니다, 매니저님. 아, 이제는 대표님이라고 불러야 하는 겁니까?"

이준영이 현우에게 농담을 건넸다. 현우가 피식 웃었다.

"그냥 편하게 불러주시면 됩니다, 피디님."

"그럼 현우 씨라고 부르겠습니다. 그런데 제정신입니까? 기자들은 쌩 까고 우리 무형을 통해서 입장을 밝히겠다는 생각은 대체 어떻게 한 겁니까? 연예 기자들이 그렇게 만만해요?"

그렇게 말하면서도 이준영은 재미있다는 얼굴 표정을 하고 있었다.

"저 죄인 아닙니다, 피디님. 근데 제가 왜 기자들한테 고개 숙여가면서 해명 기자회견을 해야 하는 겁니까? 어차피 자기들 입맛에 맞춰서 기사 쓸 텐데, 그럴 거면 차라리 무형에서 사실을 알리는 게 여러모로 훨씬 이득이죠."

"맞아요. 우리는 시청률 올라가서 좋고, 현우 씨는 시청률 빵빵한 프로에서 확실하게 해명을 하고, 일석이조네요?"

이진이가 끼어들며 현우의 말을 보탰다. 이준영이 하하 웃었다. 확실히 현우의 판단은 여러모로 이득이 많았다. 물론 기자의 입장은 빼야겠지만 말이다.

"내일 모레 방송이니 시간 빠듯합니다. 다들 준비해!"

무형 제작진이 최종 촬영 점검을 하는 사이 김은정이 어울림에 나타났다.

"야, 송지유!"

김은정이 호들갑을 떨며 송지유를 껴안았다. 김은정이 현우의 양손을 확인했다.

"오빠, 내 선물은요? 도쿄 바나나 사왔어요?"

"사왔지. 일단 촬영해야 하니까 준비 좀 해줘."

"알았어요!"

이번 주에 방송될 무모한 형제의 주제는 무형 멤버들이 각각 고마웠던 게스트들을 찾아가 소원을 들어주는 형식이었다. 2시간 분량 중에 송지유의 분량은 30분으로 다른 게스트들에 비하면 확실히 비중이 컸다.

"돼지머리 나갑니다!"

잠시 사라졌던 정훈민이 개업 고사에 사용할 돼지머리를

들고 나타났다. 정훈민이 돼지머리를 들고 3층 사무실에 올라가 상 위에 내려놓았다.

현우를 시작으로 추향과 김정호, 오승석, 손태명이 나란히 절을 하고 돼지 입에 지폐를 끼워 넣었다. 다음으로 송지유와 아이들도 나란히 절을 했다. 정훈민도 수표를 끼워 넣으며 절을 했다.

"내 동생 김 대표! 이거 내가 준비한 선물이다, 선물!"

정훈민이 현우에게 명패를 건넸다. 명패에는 '어울림 엔터테인먼트 대표 김현우'라는 글자가 또렷하게 박혀 있었다. 현우는 감회가 남달랐다.

무형 촬영을 위해 개업식을 미루고 있었는데, 그 보상을 충분히 받는 것 같았다. 고급스러운 명패가 마음에 쏙 들었다.

"감사합니다, 훈민 형님. 소원 제대로 들어주시는데요?"

현우가 씩 웃으며 명패를 대표실 책상 위에 올려놓았다.

"자! 그럼 개업식은 성공적으로 마무리했고! 지유야, 회사 구경 좀 시켜줘라. 응?"

"따라오세요."

VJ들이 카메라를 들고 송지유를 뒤따르기 시작했다. 송지유가 차분하게 지하 1층, 지상 3층으로 이루어진 어울림의 새로운 보금자리를 소개했다.

"얼마 전에 이 작가랑 현우 보러 여기 잠깐 온 적이 있었거든? 근데 볼 때마다 놀란다. 지유야, 나 커피 한 잔 내려줄래?"

정훈민이 1층 카페 의자에 앉아 말했다. 송지유가 냉장고에서 캔 커피 하나를 꺼내주자 정훈민이 억울한 얼굴을 했다.

"아니, 그거 말고! 고급 커피!"

"바리스타 자격증 따면 내려줄 테니까 오늘은 그거 마셔요."

"진짜? 바리스타 자격증 딴다고? 그럼 그때 또 무형 나올래?"

"네. 뭐, 그럴게요."

작가 몇 명이 정훈민의 수완에 쾌재를 불렀다.

개업식과 새로 이사한 어울림 건물의 소개가 끝나고 잠깐 촬영이 중단되었다. 1층 카페에 촬영이 세팅되기 시작했다. 시종일관 화기애애했던 스탭들도 분위기가 무거워졌다.

'이제부터가 진짜지.'

김은정이 말끔하게 차려입은 현우를 최종적으로 정돈해 주었다.

"촬영 시작합니다!"

스탭의 외침을 시작으로 현우와 송지유가 나란히 카페 의자에 앉았다. 정훈민이 진지한 얼굴로 먼저 입을 열었다.

"내가 인터넷에서 봤거든? 그… 진짜로 현우가 일본 사람들이랑 싸운 거야?"

정훈민이 조심스럽게 말을 꺼냈다. 애당초 미리 말을 맞추고 들어간 촬영이 아니었던지라 정훈민도 잔뜩 긴장을 하고 있었다.

“대표님이 멀쩡한 일반인들이랑 싸울 일이 뭐가 있겠어요? 설명하자면 길어요. 일단 싸운 건 맞아요. 그래서 경찰들도 왔었어요.”

“어? 제, 제대로 설명을 해봐.”

오히려 초조한 건 정훈민이었다.

“일반인들이 아니고 야쿠자들이랑 연계된 깡패들이었어요. 아키하바라 일대에서 상인들에게 자릿세를 받고 괴롭히는 그런 사람들이었어요.”

“야, 야쿠자?!”

정훈민이 크게 놀랐다.

“대표님이랑 싸운 사람은 야쿠자까지는 아니고 깡패였어요. 야쿠자였으면 큰일 났을걸요? 멀쩡하게 한국 못 왔을 거예요.”

송지유가 작게 웃었다. 그리고 카메라를 지긋이 한번 응시한 다음 정훈민을 향해 입을 열었다.

“말하자면 사연이 길어요. 그래도 자세하게 설명을 해야 할 것 같네요. 워낙 오해들이 심해서 말이에요.”

송지유는 일본에서 있었던 크고 작은 일들을 숨기지 않고 정훈민에게 털어놓았다. 아니, 이틀 뒤 이 방송을 보게 될 시청자들에게 털어놓았다는 표현이 더 알맞았다.

“지유야, 너 거짓말하는 거 아니지?”

"제가 왜 거짓말을 해요? 그것도 시청자분들 앞에서요."

"도저히 믿기지가 않아서 그런다, 지유야."

정훈민뿐만 아니라 이준영과 이진이, 그리고 무형 제작진들 모두가 송지유의 말을 쉽사리 믿으려 하지 않았다.

공사장 공연에 1,000명이 넘는 팬들과 관객들이 몰렸다는 이야기도 믿기 어려웠는데, 심지어 일본 연예계의 거물인 다스케 쿠로까지 등장했다. 이 정도면 거의 소설이라고 봐도 무방했다.

"에이. 너 다스케 쿠로가 얼마나 유명한 사람인 줄 알아? 나 그 사람 나오는 영화 엄청 많이 봤거든?"

"진짜 의심이 왜 그렇게 많아요?"

송지유가 핸드폰을 꺼내 다스케 쿠로와 함께 찍은 셀카를 보여주었다.

"어? 어! 진짜다, 진짠데?!"

정훈민이 제작진을 둘러보며 호들갑을 떨었다. 그러다 카메라 앞으로 핸드폰을 들이밀었다. 카메라에 송지유와 그 옆에서 있는 다스케 쿠로의 모습이 선명하게 잡혔다.

그리고 이틀 뒤 토요일 저녁 6시. 무모한 형제들이 방송되었다.

무모한 형제들이 방영되고 그 후폭풍은 엄청났다.

지난 이틀 간 포털 사이트마다 현우를 향한 추측성 비난 기사들이 넘쳐났다.

공항에서 자신들을 무시하고 무형 촬영장으로 사라진 현우를 향해 기자들이 펜을 가장한 칼을 들었기 때문이었다.

고려일보나 몇몇 언론사들은 현우를 아예 조폭 매니저로 낙인까지 찍은 상태였다.

기자들의 악의적인 기사 때문에 주요 커뮤니티에서도 현우를 비난하고 있었다.

현우를 옹호하는 송지유의 팬 카페 SONG ME YOU도 다른 커뮤니티들로부터 온갖 조롱과 멸시를 받아야 했다.

그런데 무모한 형제들이 방영되자 상황이 뒤바뀌어 버렸다. 현우와 관련된 기사들은 포털 사이트에서 찾아볼 수가 없었다. 주요 커뮤니티들도 마찬가지였다.

32213 헐. 일본 깡패랑 싸운 거였음? 연습생 애들 지키려고?

32315 저기요? 그동안 김현우 겁나 욕하던 분들 다 어디?

32316 여기 여러 명 고소 먹겠네? ㅋㅋㅋㅋ

—다들 글 지우러 간 거 같음 ㅎㅎ

—빨리 글들 지워라. ㄹㅇ 고소 먹기 싫으면

32321 그러니까 연예 기자들 믿으면 안 된다니까 ㅋㅋ

—김현우 조폭 출신이라고 기사 쓰지 않았나? 기자님들 멀리

안 나갑니다 ㅋㅋ

32329 난 처음부터 안 믿었음. 송지유 잘나가는데 매니저가 미쳤다고 일본에서 주먹질 함? 말이 안 되지. 다들 안 그럼? ㅇㅇ?

―그러게요 ㅋㅋ 저도 처음부터 안 믿었었음. 진짜로 사고를 쳤으면 무형에서 김현우 대표 출연시켜 줄 거 같아요? 보니까 공항에 정훈민이 마중까지 나왔다던데, 떳떳했으니까 그런 거지.

현우는 조용히 커뮤니티 반응을 살펴보고 있었다. 단 두 시간 만에 이틀 동안 현우를 비난하고 욕하던 사람들이 자취를 감추어 버렸다.

"씁쓸하네. 괜찮아, 현우야?"

손태명이 현우의 어깨를 잡았다. 현우는 그냥 피식 웃고 말았다. 대중들에게 섭섭하지 않다면 거짓말이겠지만 애당초 기자들이 문제였다.

무모한 형제들의 촬영이 끝나고 현우는 언론사마다 무형을 통해 입장을 밝히겠노라 연락을 해놓은 상태였다. 그런데도 기자들은 어울림과 현우를 향해 펜이 아닌 칼을 들었다.

"기사 떴다!"

오승석이 다급히 노트북을 들고 왔다.

[무형 시청률에 기댄 석연찮은 해명]

[어울림 김현우 대표의 해명 어디까지 믿어야 하나?]

"……."

"……."

"……."

현우를 비롯한 손태명과 오승석도 할 말을 잃었다. 그나마 두 개 정도 뜬 기사 헤드라인이 이딴 식이었다.

[어울림 김현우 대표의 해명 어디까지 믿어야 하나?]

어울림 엔터테인먼트의 김현우 대표가 무모한 형제들을 통해 공식 입장을 발표했다. 김현우 대표는 폭력 시비에 대하여 일반인이 아닌 깡패들과 다툼이 있었다고 밝혔으며, 그 이유로 송지유와 어울림의 연습생들을 지키기 위해서였다고 밝혔다. 하지만 그럼에도 많은 대중들은 의혹을 거두지 못하고 있다. 또한 1,000여 명의 관객을 동원한 공사장 공연과, 일본 국민 MC이자 배우인 다스케 쿠로와의 친분을 믿지 못하겠다는 반응들도 줄을 잇고 있다. 하지만 김현우 대표는 이 사실에 대해서는 명확한 증거를…(중략)…

"본보기로 기자들 몇 명 고소나 할까?"

현우가 농담 반 진담 반으로 이야기를 꺼냈다. 드러난 진실에 입 다물고 있는 기자들이 대다수였지만 아직도 칼을 내려놓지 않고 있는 기자들이 있었다.

특히 고려일보의 기자가 집요했다. 지난번 송지유의 인터뷰를 거절했을 때부터 고려일보는 나름 갑질 아닌 갑질을 하고 있었다.

"기자를 고소한다고? 너 미쳤어?"

손태명의 얼굴이 하얗게 질렸다. 어지간히 큰일이 아니고서야 거대 기획사들도 연예 기자들을 고소하는 경우는 거의 없었다. 기획사 입장에서는 연예 기자들은 가까이하면서도 늘 조심해야 하는 존재였다.

"농담이야. 농담, 나 그렇게 한가하지 않다."

현우가 손태명을 안심시켰다.

현우를 향해 쏟아졌던 추측성 비난 기사들이 하나둘씩 포털 사이트에서 사라졌다. 주요 커뮤니티들도 현우가 아닌 기자들을 탓하는 쪽으로 대부분 상황이 바뀌어가고 있었다.

하지만 고려일보의 기사 탓인지 아직까지도 현우를 의심하는 사람들이 남아 있었다. 특히 어느 대형 커뮤니티의 익명 회원이 남긴 글 하나가 급속도로 퍼지고 있었다.

24422 김현우 대표가 거짓말하고 있다는 세 가지 증거.

첫 번째, 오타쿠들이나 가는 아키하바라에 야쿠자들을 배후로 하는 깡패 조직이 있다고? ㅋㅋ 거짓말도 적당히 해야지. 일본 치안도 좋은 곳이고 야쿠자들은 그런 자잘한 수입들은 신경 안 쓴다.

그리고 일본 야쿠자 소속 깡패랑 싸웠다면서 얼굴 멀쩡하던데? 입술 터졌다고? ㅋㅋ 면도하다가 베인 거겠지.

두 번째, 연습생들 데리고 지하 아이돌 소극장 공연을 하다가 공사장에서 관객을 천 명이나 넘게 모았다는데, 그것도 거짓말이다. 내 친구가 일본 유학생이거든? 소극장 공연은 그렇다고 쳐도 아키하바라 땅값이 얼만데 어느 미친 정신 나간 사람이 지네 공사장 무료로 빌려주냐?

일본 탑 아이돌이면 몰라도 경찰 측에서 일단 절대 허가 안 해준다. 아키하바라나 시부야에서 버스킹이 흔하긴 한데 그건 자국인일 때 이야기고 그 큰 공사장을 외국인한테 빌려준다? ㅋㅋ ㅋㅋ 또 일본 경찰들이 공연 가이드라인까지 쳐줬다고? 영화에서나 나올 법한 이야기야 진짜로.

세 번째. 이게 제일 황당한 건데 다스케 쿠로가 니들 누군지는 아냐? 우리나라로 치면 MC로는 장지석급. 배우로는 거의 민성기 아저씨급이다.

근데 그런 유명인이 무슨 아이돌 오타쿠라는 거야? ㅋㅋ 송지유랑 찍은 사진도 관광하다가 우연히 길에서 마주쳤겠지. 다스케 쿠로가 이거 알면 바로 김현우 고소한다. ㅋㅋㅋ 그리고 내 추

측에는 김현우랑 송지유랑 연습생들 미끼로 놓고 둘이 일본 여행 간 거다.

송지유, 니들도 이제 좋아하지 마라. 어차피 김현우 그놈 거라니까? 연예인들이 다 그렇고 그런 거 아니겠어? ㅋㅋ

"아주 대놓고 나쁜 놈이네 이거?"

현우가 헛웃음을 흘리며 노트북을 덮었다. 익명의 네티즌 때문에 또다시 논란이 불거지고 있었다.

무엇보다 현우를 더욱 분노하게 만든 건 다름 아닌 송지유를 건드렸다는 사실이었다.

"아무래도 이 사람은 고소해야 하지 않을까?"

오승석이 조심스레 현우에게 말했다. 잠시 생각에 잠겼던 현우가 고개를 저었다.

"고려일보 기자 양반이랑 이 글 올린 사람을 고소한다고 해서 뭐가 달라져? 그냥 분풀이밖에는 안 되는 거야. 고소는 최후의 수단이야. 이런 작은 일로 우리 지유 이미지에 스크래치 내기 싫다. 걱정들 하지 마. 내가 다 생각이 있으니까."

"그러니까 그 생각이 뭔데?"

오승석이 한숨을 내쉬었다. 손태명처럼 오승석도 어울림 엔터테인먼트에 뼈를 묻기로 작정을 한 상태였다.

현우가 책상 위에 놓인 명패를 슥 바라보며 입을 열었다.

"내일, 내일만 되면 다 해결될 거야. 간만에 삼겹살에 소주나 한잔하자. 한잔하면서 이야기해 줄게."

*　　*　　*

익명의 네티즌이 올린 글은 일요일이 되면서 아예 정설로 굳어져 가고 있었다. 상황이 이런데도 어울림에서는 개업 기념 파티가 벌어지고 있었다.

현우와 송지유가 이태원에 있는 이탈리아 레스토랑에서 음식들을 포장해 왔다.

"음식들 세팅해. 빨리하면 그만큼 빨리 먹을 수 있겠지?"

"네에!"

아이들이 잔뜩 신이 나 카페 테이블에 이탈리아 요리들을 세팅했다.

송지유는 현우와 함께 손님들을 맞았다. 정훈민이 가장 먼저 도착했고, 무형의 다른 멤버인 김민수가 이진이와 이승훈을 데리고 나타났다. 세 사람 모두 '발굴! 뉴 스타!'가 종영되면 새롭게 편성되는 오디션 프로에 출연을 할 예정이었다.

"매니저님, 오랜만이에요. 이제 어엿한 대표님이시네요. 축하드립니다."

"하하. 다 승훈 씨 덕분이죠. 트로트 특집 때 승훈 씨가 없었으면 여러모로 힘들었을 겁니다."

현우의 말은 틀린 말이 아니었다. 보조 연출자이기는 했지만 이승훈은 현우와 송지유를 옆에서 가장 많이 챙겨줬던 사람이다.

"아니에요. 오히려 제가 득을 봤죠. 매니저님에게 이것저것 많이 배웠으니까요. 참, 그때 다친 어깨는 괜찮으시죠?"

"그럼요, 다 나았죠. 그리고 저기 저 아이들이 저희 연습생입니다."

이승훈이 음식을 세팅하고 있는 아이들을 살펴보았다.

"비주얼도 좋고 다들 착해 보이는데요? 근데… 상당히 잘 먹네요."

음식들을 세팅하고 남은 음식들을 아이들이 몰래몰래 먹고 있었다. 현우가 픽 웃었다.

"얘들아! 메인 피디님 오셨다! 인사해야지!"

현우의 말에 아이들이 쪼르르 달려왔다.

"안녕하세요, 피디님! 잘 부탁드립니다!"

아이들이 입을 모아 인사를 했다.

"네, 이승훈이라고 합니다. 앞으로 우리 잘해봐요."

이승훈이 부드럽게 웃었다. 이준영과 달리 이승훈은 성격이 부드럽고 수줍음이 많은 편이었다.

그렇게 아이들에게 이승훈을 소개시켜 주고 본격적으로 개업 기념 파티가 시작되었다.

"야, 현우야."

맥주잔을 채워주며 김민수가 대뜸 현우를 불렀다.

"이런 날에 이런 이야기는 안 하려고 했는데, 너랑 어울림은 괜찮은 거냐? 우리 코디가 그러는데 지금 인터넷에서 난리라고 하던데?"

직설적인 성격의 김민수도 말을 꺼내놓고는 아차 싶었다. 나름 걱정이 되어서 물었던 건데 생각해 보니 즐거운 분위기에 초를 친 셈이었다.

"어, 분위기 왜 이래? 다들 걱정 안 하는 거 같은데?"

김민수가 머리를 긁적였다. 현우도 그랬고 송지유나 다른 어울림 식구들도 아무렇지도 않다는 표정들이었다.

"형, 취했어? 갑자기 눈치 없이 그런 건 왜 물어봐?"

"아니 훈민아, 나도 현우 이 녀석 동생처럼 생각한다니까? 걱정이 돼서 그런다, 걱정."

정훈민과 김민수를 보며 현우가 빙그레 웃었다.

"어? 너 웃어? 현우야, 형한테 말해봐. 내가 라디오 하니까 라디오에서 말 좀 해볼게."

"마음만 받겠습니다, 민수 형님."

현우의 말에 김민수는 당황스러웠다. 정말 태연해도 너무 태연했다. 현우가 자리에서 일어나 노트북을 가지고 왔다.

"이제 슬슬 시간 다 된 거지?"

"네! 이제 곧 시작이에요. 제 아이디로 들어갈게요."

이솔이 현우의 옆에 앉아 노트북을 두들겼다. 일본어로 된 사이트가 떠올랐다.

"엥? 후지TV?!"

김민수가 화들짝 놀랐다.

후지TV. 일본에서는 후지 테레비라고 불리는 일본의 4 대 방송국 중 하나였다.

후지TV는 예능과 드라마에서 강세를 보이는 유명 방송국이었다. 한국에도 여러 유명 예능 프로그램이 알려져 있었고, 몇몇 드라마들은 한국어 버전으로 리메이크가 되기도 했었다.

김민수가 놀라는 사이 이솔이 실시간 라이브 방송을 켰다. 후지TV의 유명 예능 프로그램이 막 시작을 하고 있었다.

"쿠로 아저씨다!"

"아저씨다!"

아이들이 화면 속 쿠로를 보며 반가워했다. 일본의 유명 만담 듀오가 진행하는 방송이었는데 다스케 쿠로의 단독 복귀 스페셜로 방송이 진행되고 있었다.

"아저씨랑 같이 갔었던 이자카야에서 먹었던 음식들이에요!"

이솔이 말했다. 쿠로의 앞으로 이자카야에서 먹었던 음식들이 나왔다.

"선배! 왜 갑자기 지금 복귀하는 거예요?"

"그러니까! 그것도 이런 평범한 이자카야 음식들이나 주문하고 말이야."

"하하. 너희들 여전하구나. 잘 지냈어?"

쿠로가 사람 좋은 미소를 지어 보였다.

"선배가 복귀했으니까 우리도 위태위태하겠는데. 이거 이러다가 우리 프로 사라지고 선배가 새 프로 들고 나타나는 거 아냐?"

만담 듀오가 쿠로를 노려보았다. 쿠로가 하하 웃었다. 식사를 하며 근황 토크가 벌어졌다. 그러다 만담 듀오 중 한 명이 넌지시 질문을 던졌다.

"소문이 들리는데 말이야. 선배가 야쿠자들을 잡아들였다면서?"

"2년 만의 방송 복귀가 예능 프로도 아니고, 영화나 드라마도 아니고 뉴스인 게 말이 되냐고! 그리고 야쿠자라고?! 선배 말 좀 해봐!"

"그게 말이지. 여기 이 음식들이랑 아주 관련이 깊어."

"그러니까 뭔데?"

후지TV 메인 뉴스에서 보도된 기사가 스튜디오 화면으로 나왔다.

덩치 매니저와 오타쿠로 가장한 깡패들이 야쿠자 조직의 분점 역할을 하고 있었다는 사실이 밝혀졌다.

또한 아키하바라 상인들의 돈을 뜯는 것도 모자라 지하 아이돌의 소극장 공연 수입을 갈취하고, 심지어 소속 지하 아이돌들에게 폭력을 휘두른 것까지 보도가 되고 있었다.

"진짜 야쿠자랑 관련이 있었던 거였어?"

현우는 크게 놀랐다. 설마 했는데 저 깡패들 뒤로 야쿠자 조직이 존재하고 있었다. 그사이 방송이 계속되었다.

"뭐야! 이거 진짜잖아! 당신 뭐 하는 사람이야?!"

"대단한데? 어디 찔린 곳은 없지? 그런데 어쩌다가 저런 놈들이랑 엮이게 된 거야?"

쿠로가 이자카야 음식들을 입으로 가져가며 빙그레 미소를 지었다.

"뭐지? 그런 오타쿠 같은 미소는?"

"하하하! 제대로 봤네. 내가 사실 요즘 오타쿠가 되었거든."

"선배가 오타쿠? 믿기지 않는데? 근데 야쿠자 사건이랑 오타쿠가 무슨 상관인데?"

"설명하자면 길어."

쿠로가 3박 4일 동안 겪었던 이야기들을 털어놓기 시작했다.

어디서 구했는지 아이들의 소극장 공연 영상이 흘러나왔다.

또 아키하바라에서 있었던 덩치 매니저와의 난투극 동영상도 적나라하게 흘러나왔다.

마지막으로 공사장에서 있었던 공연 영상이 스튜디오를 가득 채웠다.

"저 애들 뭐야? 한국 아이돌? 대단해. 대단해! 선배가 오타쿠가 될 법한데? 나중에 나도 밥 한 끼나 같이할래, 선배."

"영이 노래 부른 여자애 가수지? 아니면 배우야? 와나. 환장하게 예쁜데? 딱 내 이상형이야! 지금까지 독신으로 살길 잘했어."

"타코야키 던진 거 진짜 매력적이다. 깡패를 상대로 얼굴에 타코야키를 던진다고? 보통 여자애가 아니야."

어느새 만담 듀오도 아이들과 송지유에게 푹 빠져 있었다. 쿠로는 아이들과 송지유에 대해 알고 있는 모든 것들을 털어놓았다. 짓궂기로 유명한 만담 듀오도 쿠로의 말에 귀를 기울이고 있었다.

이 정도면 거의 1시간짜리 홍보 방송이나 다름없었다. 그것도 일본 연예계의 거물인 다스케 쿠로가 직접 아이들과 송지유를 일본의 시청자들에게 소개해 주고 있었다.

"야, 현우야. 이거 난리 났다. 큰일이다. 와, 이거 뭐야?"

김민수가 소름 돋는다는 표정으로 부실한 머리를 긁어댔다. 최악으로 흘러가는 여론을 두고도 태연하게 파티를 연 현우가 새삼 무섭게 보였다.

가장 놀란 건 정훈민이었다. 현우의 부탁으로 기자들로부터 현우 일행을 빼내기는 했지만 내심 걱정을 하고 있던 정훈민이었다.

그런데 생각지도 못했던 일본 예능 방송에서, 그것도 평소 좋아하던 일본 배우 다스케 쿠로가 직접 진실을 말해주었다.

"넌 다 알고 있었지? 그치?"

"네, 쿠로 씨랑은 꾸준히 연락을 하고 있었거든요. 번역 프로그램이 별로이긴 한데, 요즘 기술 좋던데요? 그나저나 내일 재밌겠네요. 민수 형님도 라디오에서 할 말 많으실 겁니다."

현우가 씩 웃었다.

그리고 다음 날, 다스케 쿠로가 출연했던 일본 예능 프로그램에 대한 이야기들이 바다를 건너 한국에 상륙했다.

4장

인생은 속도가 아닌 방향

—형님! 저예요! 어제 쿠로 씨 방송 보셨죠?

"봤다. 쿠로 씨한테 감사하다고 전해줘."

—네 그럴게요. 후우… 벌써 형님이랑 다들 보고 싶네요.

전화기 너머로 박수호가 앓는 소리를 냈다.

"조만간 한국에 놀러와. 그나저나 일본 반응은 어때?"

현우는 일본 현지에서의 반응이 가장 궁금했다.

—장난 아니에요. 3ch라고 일본에서 엄청 큰 커뮤니티 사이트가 있거든요? 거기서 아이들이랑 지유 님이 엄청 인기 있어요. 온라인에서는 아이들을 고양이 소녀라고 하던데요?

"고양이 소녀?"

현우가 피식 웃었다. 아무래도 이솔이 공연 내내 썼던 헬로 키티 가면의 영향인 것 같았다.

"오프라인 쪽은?"

—오프라인에서도 화제죠. 근데 오프라인 쪽에서는 지유 님이 더 화제가 되는 거 같아요. 특히 여자들한테요.

"그래?"

현우가 천천히 고개를 끄덕거렸다.

온라인 쪽에서는 아이들이 고양이 소녀라 불리며 오타쿠들에게 인기를 얻고 있었다.

반면 오프라인에서는 송지유가 더 화제가 되고 있었다. 특히 일본의 젊은 여자들에게 반응이 좋았다.

—신기하죠, 형님?

"채지우도 겨울 소나타로 일본 여성들한테 인기 좋았잖아."

—하긴 그렇긴 하네요. 그럼 지유 님을 동경한다? 이런 느낌인가요?

"그럴 거야. 아무튼 고맙다. 너도 고생했어."

—고생은요. 아 참, 쿠로 씨가 오늘부터 저한테 한국어 과외 받으신대요.

"그래? 역시 1등 팬이라 이건가. 열정이 넘치시는데?"

현우가 빙그레 웃었다. 아이들을 향한 다스케 쿠로의 진심이 느껴졌다.

"수고하고 또 연락하자."

—예, 형님. 쉬세요.

툭. 전화가 끊겼다.

현우는 대표실에 홀로 앉아 이솔이 만들어준 수제 당근 쿠키를 입으로 가져갔다.

"오늘따라 유난히 맛있네."

다스케 쿠로의 연예계 복귀 방송이 현우의 누명을 깨끗이 씻어주었다.

포털 사이트는 물론이고 주요 커뮤니티에서도 폭발적인 반응이 이어졌다.

월요일 아침부터 실시간 검색어 1위에 김현우 석 자가 자리를 잡았다. 2위에는 어울림 연습생이 올랐고, 3위는 다스케 쿠로가, 그리고 4위에는 송지유가 올랐다.

뒤이어 일본 팬들이 WE TUBE에 후지TV에 제보했던 영상들을 올렸다.

조회 수가 폭발적으로 올라가기 시작했다. 가장 조회 수가 높은 영상은 난투극 영상과 공사장 공연 영상이었다.

영상 밑으로 일본어와 한국어로 된 댓글들이 수도 없이 달리기 시작했다. 새로 고침을 누를 때마다 댓글들이 쭈르륵 올라갔다.

"장난 아닌데?"

무형을 통해서 대중들의 폭발적인 반응에 익숙했던 현우도 놀랄 정도였다.

"현우야! 김현우!"

벌컥 대표실 문을 열고 손태명이 나타났다.

"왔냐. 당근 쿠키 먹을래?"

"너 세컨 폰은 왜 꺼놨어? 기자들이 전화하고 난리잖아! 이러다 지유한테도 연락 가겠다!"

현우가 씩 웃었다. 그리고 말했다.

"있는 사실들 그대로 기사 예쁘게 써주는 기자들부터 순서대로 연락 받아준다고 해."

"너 지금 줄을 서시오, 라고 말하는 거야?"

"이해가 빠르네. 역시 내 친구답다."

"무섭다, 김현우. 이제는 기자들까지 조련하냐?"

요즘 들어 손태명은 현우에게 여러 번 놀라고 있었다. 또한 현우 특유의 배짱은 신중한 성격의 손태명 입장에서는 늘 걱정거리였다.

"농담이고, 기사 잘 부탁한다고 정중하게 문자 돌려."

"알았다. 알았어."

잠시 후, 앞다투어 기사들이 포털 사이트를 장식했다. 기자들 입장에서 굴욕적이기는 했지만 흐름을 거스를 수는 없었다.

이렇게 된 이상 최대한 좋은 기사를 써서 기레기라며 들끓고 있는 비난 여론을 잠재워야 했다. 또한 어울림의 김현우 대표에게도 화해의 제스처를 취할 필요가 있었다.

기사들을 보며 현우는 통쾌하기도 했지만 한편으로는 씁쓸하기도 했다.

*　　　*　　　*

아이들이 학교 수업을 마치고 교복 차림으로 어울림을 찾아왔다.

"공부들은 열심히 했어?"

"네! 그런데 배하나는 1교시부터 계속 잤어요. 아얏! 제가 아니라 하나가 잤다니까요?"

"원래 내부 고발을 하는 쪽이 더 괘씸한 법이야."

현우가 이지수를 향해 장난스럽게 말했다.

"기사 봤는데, 대표님 욕하던 기사들이랑 댓글들 다 없어졌어요! 보셨죠?"

"이상한 글 올렸던 사람이 사과 글도 올렸어요. 진짜 웃기죠? 그렇게 대표님이랑 지유 언니 욕할 때는 언제고, 진짜 어이없어요."

김수정은 신이 나서 말했고, 이지수는 아직도 분이 덜 풀린 것 같았다. 현우는 순수한 아이들이 그저 귀여웠다.

"너희들 WE TUBE에 동영상 올라온 거 봤어?"

"당연하죠! 지하철 타고 오는 내내 같이 봤어요! 그리고 지하철에서 저희들 알아보는 사람들도 있었어요! 그치, 지연아?"

"응."

배하나가 밝게 웃었다. 유지연도 표정의 변화가 거의 없었지만 기분이 좋아 보였다. 현우가 이솔을 쳐다보았다. 아까부터 무언가 할 말이 있어 보였다.

"솔이 하고 싶은 말 있으면 해."

"대표님, 고양이 소녀 게시판에 저희들 사진이랑 글 남겨도 될까요?"

"그렇지 않아도 내가 시키려고 했었어. 고맙다는 글도 올려주고 사진들도 남겨줘. 팬들을 어떻게 대하느냐에 따라서 너희들의 미래가 달라질 거야. 다들 무슨 말인지 알지?"

"네!"

아이들이 입을 모아 말했다.

일본어가 능숙한 이솔에게 도움을 받아 아이들이 3ch 고양이 소녀 게시판에 글을 올리는 사이, 송지유가 모습을 드러내었다.

"그냥 푹 쉬지. 회사에는 무슨 일이야?"

"학교로 기자들이 찾아와서 어쩔 수 없이 온 거예요."

"그래? 연락하지 그랬어. 내가 데리러 갔을 텐데."

"됐어요. 피곤해 죽겠다는 얼굴이면서."

"그래도 괜찮은데."

현우가 쓰게 웃었다. 며칠 새 신경을 많이 써서 상당히 피곤한 참이었다.

"그나저나 너 스케줄 하나 또 잡혔다."

"광고 말고 또 있어요?"

한국으로 돌아온 송지유를 기다리고 있는 건, 밀려 있는 스케줄뿐이었다. 오늘처럼 광고의 반응이 폭발적이라 광고 섭외가 밀려들었다.

귀국하자마자 현우는 커피 믹스 광고와 화장품 립스틱 광고, 그리고 유명 베이커리 광고를 찍기로 결정을 내렸다.

그런데 오늘, 조금은 색다른 스케줄이 잡혀 버렸다.

애써 웃음을 참으며 현우가 입을 열었다.

"너 시구해 볼래? 대산 Beers에서 시구 요청 들어왔다."

"시구요? 야구 말하는 거죠?"

"맞아. 타코야키 던지는 폼을 보고 구단 측에서도 인상적이었던 모양이다."

송지유가 공사장 공연에서 불렀던 'Fly Me To The Moon'은 엄청난 화제가 되고 있었다. 송지유의 팬 카페 회원이 그

부분만 따로 편집을 해서 WE TUBE에 올렸고, 빠르게 조회수가 올라가고 있었다.

그런데 그 영상만큼이나 화제가 되고 있는 것이 바로 송지유가 덩치 매니저에게 타코야키 봉지를 던지는 장면이었다. 영상을 볼 때마다 스트레스가 풀린다는 댓글이 넘쳐났다.

"너 별명 또 생겼어. 너 보고 다르빗유라고 하더라. 하하."

결국 현우가 웃음을 터뜨렸다. 영상을 본 한일 양국 사람들이 송지유를 메이저리그의 유명 투수인 다르빗슈에게 빗대고 있었다.

"사람들이 기대 많이 하던데. 지유야, 시구할 거지?"

"어쩔 수 없네요. 할게요."

송지유가 말했다.

'후우. 이제 숨 좀 돌릴 수 있겠어.'

부정적이었던 여론을 반전시키는 데 성공했다. 그리고 이번 일본 스케줄에서 얻은 것이 너무나도 많았다. 정식 데뷔도 전에 일본을 중심으로 아이들의 팬덤이 생겨났다.

송지유도 'Fly Me To The Moon' 영상이 큰 화제가 되면서 뮤지션으로서의 입지를 다질 수 있게 되었다.

그렇다면 이제 해결해야 할 과제는 '프로듀스 아이돌 121'이었다. 두 달도 남지 않은 시간 동안 준비할 것들이 산더미였다.

"내일부터 너희들 연습 시간 1시간 정도 늘릴 거야."

"네? 연습이요?"

김수정이 물었다.

"별건 아니고 피트니스 강사를 불러서 웨이트 트레이닝을 시작할 거야. 지유 너도 아이들이랑 같이 운동하자."

이때까지만 해도 연예인들에게 있어서 몸매 관리는 필수가 아닌 선택에 불과했다.

하지만 현우는 몸매 관리의 중요성을 잘 알고 있었다. 특히 여자 아이돌에게 운동으로 단련된 몸매는 하나의 강력한 무기가 될 수 있었다.

현우의 시선이 배하나에게 향했다. 아직 18살이고 젖살이 통통했지만 S&H에서 센터로 키웠던 아이였다. 황금빛 후광을 보지는 못했지만 현우가 보기에 배하나는 진흙 속의 진주였다.

현우가 과거로 돌아오기 전에 엄청난 인기를 끌었던 설아와 비교해 보아도 배하나는 그다지 밀리지 않았다.

"식단 조절도 들어가야 하니까… 내일부터 하루 한 끼는 닭가슴살이랑 샐러드 위주로 먹기로 하자. 다들 어때?"

"힝. 퍽퍽해서 맛없는데."

배하나가 울상을 했다. 현우가 빙그레 웃었다.

"하루에 한 끼니까 괜찮을 거야. 나중에 대표님 감사합니다! 소리가 저절로 나오게 해줄 테니까 우리 같이 운동 열심히 하자. 알았지?"

현우가 아이들을 달랬다. 송지유는 달랠 것도 없었다. 무엇이든 척척 해내는 아이였으니 말이다.

* * *

시간은 빠르게 지나갔다. MBS의 새 오디션 프로그램 '프로듀스 아이돌 121'의 첫 녹화가 불과 2주밖에 남지 않은 시점이었다.

MBS 예능국으로 현우가 손태명과 함께 양손 가득 커피 트레이를 들고 나타났다. 지나치는 사람들마다 가볍게 인사를 건네고 현우와 손태명이 도착한 곳은 '프로듀스 아이돌 121'이라는 로고가 박힌 회의실이었다.

똑똑. 문을 열고 들어가자 이승훈과 이진이를 비롯한 제작진이 눈에 들어왔다.

"현우 씨, 왔어요?"

이진이가 현우를 반겼다. 현우와 손태명이 막내 작가들에게 커피 트레이를 건넸다.

"여름이라 덥긴 진짜 덥네요. 시원하게 커피들 한 잔 해요."

"잘 마시겠습니다, 김 대표님."

"커피 가지고 뭘요. 어제 좋은 꿈은 꿨어요?"

현우가 이승훈에게 물었다.

"떨려서 잠도 못 잤어요. 메인 피디라는 자리가 사람 피를 말리네요. 준영 선배가 새삼 존경스러워요, 대표님."

"승훈 피디님도 잘하실 겁니다. 이진이 작가님도 계시는데요, 뭐."

"대표님도 도와주세요. 김기태 선배처럼 되기는 싫거든요."

"그럴 리가요. 잘하실 겁니다."

이승훈이 조기 종영이 결정된 '발굴! 뉴 스타!'의 김기태 피디를 거론했다. 평균 시청률 3.8%를 기록한 김기태는 예능국에서 거의 투명인간 취급을 받고 있는 실정이었다.

"생각해 보면… 여러모로 참 격세지감이네요."

현우가 쓰게 웃었다. 악연이긴 했지만 지금 현우와 김기태의 처지는 하늘과 땅 차이로 벌어져 있었다.

이런저런 사소한 이야기들을 주고받은 뒤 현우와 손태명은 지정된 의자에 앉아 다른 기획사의 관계자들을 기다렸다.

제작진 미팅 시간은 낮 오후 2시. 시계 바늘이 2시 정각에서 멈추었다.

기다렸다는 듯 회의실 문이 열리고 여러 기획사 소속의 관계자들이 하나둘 들어왔다.

출연하는 아이돌 연습생의 숫자만 해도 121명이었다. 기획사 관계자들도 그 숫자가 만만치 않았다. 제작진에게 먼저 인사를 건넨 기획사 관계자들이 현우를 발견하고는 앞다투어 몰려들었다.

“어울람의 김현우 대표님이시죠?! 이렇게 실제로 뵙게 될 줄은 몰랐네요. 저는 파인애플 뮤직의 팀장 이진원이라고 합니다. 반갑습니다!”

“어울림의 김현우입니다. 이쪽은 저희 실장 손태명이라고 합니다.”

“손태명입니다.”

“이진원입니다.”

서로 명함을 주고받았다. 기획사 관계자들이 아예 줄을 서 있었다. 손태명이 현우의 옆구리를 툭 치며 속삭였다.

“인기 좋네?”

“이걸 인기라고 생각해야 하냐?”

현우는 쓰게 웃으며 기획사 관계자들과 안면을 트고 명함을 주고받았다. 준비해 온 명함이 모두 동이 났다.

“현우야, 좀 이상하지 않아? 2시가 훨씬 넘었는데 빈자리가 왜 이렇게 많아?”

현우도 이미 빈자리를 살펴보고 있던 찰나였다. 회의실에 놓인 의자 중 3분의 1 정도가 비어 있었다. 슥 이승훈과 이진이의 눈치를 살펴보았는데 둘 다 표정이 좋지 못했다.

‘문제가 생겼구나.’

현우는 무언가 문제가 생겼음을 직감했다. 다른 기획사 관계자들도 시간이 지남에 따라 조금씩 동요를 하고 있었다.

"첫 제작진 미팅인데 시간이 늦어졌네요. 죄송합니다. 다른 분들은 더 기다리지 않기로 하겠습니다."

이승훈이 양해를 구하고 '프로듀스 아이돌 121'에 대한 소개를 시작했다.

이미 기획안을 통해 다 알고 있는 것들이라 현우는 솔직히 이승훈의 설명이 귀에 들어오지 않았다. 그 대신 빈자리 쪽으로 자꾸만 시선이 갔다.

잠시 쉬는 시간이 주어졌고 현우는 복도 끝에서 핸드폰을 붙잡고 있는 이진이 작가에게로 다가갔다.

"팀장님, 그게 말이 된다고 생각하세요? 이제 와서 이러시면 곤란하죠! 저희 MBS를 우습게 보는 건가요, 네?"

전화 통화를 하느라 이진이는 현우가 뒤에 서 있는 줄도 몰랐다. 잠시 후 이진이가 핸드폰을 내려놓았다.

"작가님."

"혀, 현우 씨. 혹시 통화 내용 들었어요?"

"아뇨. 근데 무슨 일 있습니까? 첫 미팅치고는 자리가 좀 비었던데요? 승훈 씨랑 작가님 표정도 썩 좋지 않고요."

"그게……."

이진이가 잠시 망설였다. 그러다 현우를 빤히 쳐다보았다.

"현우 씨, 사실 문제가 생기긴 했어요."

"말씀하세요."

"몇몇 기획사들이 갑자기 우리 프로그램에는 출연을 하지 않겠다고 통보를 해오고 있어요. 현우 씨, 어떡하죠?"

"……!"

아찔했다.

녹화가 겨우 2주밖에 남지 않았다. 이대로 간다면 방송에 큰 타격을 받을 수밖에 없었다.

총 6개의 기획사가 '프로듀스 아이돌 121'의 출연을 고사했다. 녹화 2주를 앞두고 졸지에 19명의 연습생이 사라져 버린 꼴이었다.

메인 피디 이승훈과 메인 작가인 이진이도 영문을 모른다고 할 정도로 사태는 미궁에 빠져 있었다.

MBS는 케이블도 아닌 공중파 방송이었다. 함부로 출연을 번복할 정도로 만만한 곳이 절대 아니었다.

출연을 고사한 6개의 기획사들은 대다수가 이름이 알려진 중대형 기획사에 속했다. 그들이 이러한 점을 모를 리가 없었다.

'대체 왜들 이러는 건데? 뭐가 문제야?'

운전대를 잡은 현우는 결국 한숨을 내쉬었다. 조수석에서 송지유가 현우를 물끄러미 쳐다보았다.

"아까 무슨 일 있었어요? 제작진 미팅 다녀오더니 왜 한숨만 쉬는 거예요?"

"내가 그랬어?"

"네."

"그게, 일이 좀 복잡하게 돌아가고 있거든."

현우는 아까 낮에 있었던 일을 송지유에게 말해주었다. 잠시 말이 없던 송지유가 입을 열었다.

"그래서 어떻게 할 건데요?"

"이 작가님이랑 승훈 피디님이 알아보고 연락을 준다고 하기는 했는데, 두 사람 다 당황한 눈치야."

"하긴. 흔한 일은 아니잖아요."

송지유가 조용히 고개를 끄덕이며 말했다.

초록색 봉고차가 잠실 종합 운동장으로 들어섰다. 야구 시즌은 한참 절정을 맞이하고 있었다. 야구 경기를 보기 위해 많은 사람이 모여들었다.

"소, 송지유다!"

"저거 맞지? 초록색 봉고차!?"

"맞아!"

어울림의 초록색 봉고차를 알아본 사람들이 몰려들기 시작했다. 창문을 내리고 송지유가 사람들을 향해 손을 흔들어주었다. 기다리고 있던 대산 Beers의 관계자들이 황급히 초록색 봉고차를 안내했다.

현우와 송지유가 내렸다. 기다리고 있던 대산 Beers의 선수 한 명이 모자를 벗고 인사를 걸어왔다.

덩치가 산만 한 운동선수가 얼굴을 붉게 물들이며 쉽사리 송지유에게 다가오지 못하고 있었다. 결국 현우가 먼저 말을 꺼내야 했다.

"어울림의 김현우입니다. 오늘 우리 지유, 시구 잘할 수 있도록 많이 도와주십시오."

"예, 예!"

송지유가 간단하게 지도를 받기 시작했다. 현우는 옆에서 그런 송지유를 지켜보았다. 어제 회사 근처 공터에서 같이 연습을 한 덕분인지 송지유는 별로 실수를 하지 않았다. 짧은 연습이 끝나고 마침내 시구 시간이 다가왔다.

마스코트 가면을 쓴 관계자가 송지유와 함께 모습을 드러내자 뜨거운 함성이 쏟아졌다.

전광판에 송지유의 얼굴이 잡혔다. 구장은 더욱 큰 함성으로 물들었다. 전광판에 미쳐 날뛰고 있는 남성 팬들의 모습이 잡혔다.

마운드로 올라선 송지유가 마이크를 잡았다.

"안녕하세요? 송지유입니다."

와아아! 송지유의 맑은 목소리에 관중들이 뜨겁게 반응을 해주었다.

"조금 창피하기는 한데, 많은 분이 좋아해 주시니 정말 감사해요. 오늘은 타코야키 대신에 이 공을 던질 거예요. 그리고 대산 Beers의 승리를 응원하겠습니다. 감사합니다!"

송지유의 센스 있는 말에 환호와 웃음이 동시에 터져 나왔다. 덕 아웃에서 이를 지켜보며 현우도 피식 웃었다.

송지유가 마운드에 올라섰다. 오오! 관중들이 놀라워했다. 보통 다른 연예인들은 마운드의 중간 지점에서 시구를 했는데, 송지유는 투수처럼 마운드 위로 올라갔다. 전광판에 송지유가 잡혔다.

송지유가 입술을 앙다물었다. 송지유가 차가운 눈동자를 했다. 두 팔이 허공을 향했다가 수평을 이루었다. 오른쪽 허벅지가 위로 올라가며 송지유가 자세를 낮춤과 동시에 공을 던졌다.

팡! 일직선으로 날아간 공이 포수의 글러브에 그대로 박혔다. 포수는 물론이고 타자 역할을 하던 선수가 서로를 보며 멍한 얼굴을 했다. 송지유를 구경하던 야구 선수들도 깜짝 놀란 상태였다.

라이벌 전을 앞두고 몰려든 만원 관중들도 입을 다물지 못했다.

"빠른데?"

"그러네. 근데 오버 스로우로 던진 거지? 와. 여자 연예인이 오버 스로우로 시구하는 건 처음 봤는데?"

와아아! 엄청난 함성이 쏟아졌다. 투구 폼도 완벽했고 공도 포수의 글러브로 정확히 박혔다.

"다르빗유! 다르빗유!"

관중들 일부가 송지유의 수많은 별명 중 하나를 연호했다. 송지유가 손을 흔들며 마운드에서 내려왔다.

현우를 보자마자 송지유가 길게 숨을 내쉬었다.

"휴우. 괜찮았어요?"

"일본에서 타코야키 던지던 게 우연이 아니었구나. 지금이라도 소프트볼 할래? 내가 알아봐 줄까?"

"시끄러워요. 힘드니까 놀리지 말아요."

송지유가 쓰고 있던 모자를 벗으며 눈을 흘겼다. 뒤늦게 구단 관계자들이 대기실로 찾아왔다.

"지유 씨! 구속 측정 결과 65km가 나왔습니다. 혹시 운동하셨습니까? 소프트볼을 하셨으면 잘하셨을 텐데 진짜 안타깝네요. 하하."

구단 관계자까지 칭찬 아닌 칭찬을 했다.

송지유를 태우고 돌아오는 길, 벌써 송지유의 팬 카페 SONG ME YOU를 시작으로 송지유의 시구 짤이 올라오기 시작했다. 핸드폰을 들여다보던 송지유가 고개를 갸웃거렸다.

"마구가 뭐에요?"

"왜? 너보고 마구라도 던진대?"

"네. 한번 볼래요?"

핸드폰 속엔 송지유의 시구 짤이 하나 있었는데 팬들 중에 능력자가 있었는지 그 짧은 시구 순간을 일일이 나누어 분석까지 해놓은 상태였다.

"와! 이거 투심 패스트 볼이잖아!"

현우는 깜짝 놀라 하마터면 운전대를 놓칠 뻔했다. 완벽하지는 않았지만 일직선으로 날아가던 공이 오른쪽으로 휘며 글러브로 꽂혔다.

"왜 그래요? 내가 잘못 던진 거예요? 선수분이 가르쳐 준대로 한 건데."

"아, 아니야. 근데 너 진짜로 사회인 야구라도 해야겠다. 이건 재능 낭비야."

"몰라요. 나 잘래요. 도착하면 깨워줘요."

"알았어."

홍인대학교 기숙사 앞으로 봉고차가 멈추었다. 현우와 송지유가 동시에 내렸다.

"푹 쉬고. 너 이제 곧 개강이잖아. 개강하면 최대한 스케줄 뺄 테니까 그렇게 알고 있어. 할머님이랑 동생은 언제 서울 올라와?"

"같이 살 집부터 계약해야 하는데, 언제 시간 나요? 어떻게 오빠가 나보다 더 바빠요?"

순간 현우는 '너 때문이잖아'라는 말을 하려다 그만두었다. 회사에 손태명도 있었건만 송지유는 무조건 스케줄마다 현우와 함께 다니는 것을 고집했다. 덕분에 현우도 시간이 그다지 많지 않았다.

그나마 다행인 것은 요 근래 송지유의 스케줄이 한가해졌다는 점이었다. 이미 광고도 추가로 3개나 찍었고, 저번에 무형에 두 번째로 출연을 한 이후로 예능 프로그램에는 출연을 하지 않고 있었다.

그런데도 송지유의 인기는 떨어질 줄을 모르고 있었다. 종로의 봄은 아직도 차트 5위권 안에 머물러 있었고, 일본 공사장 공연에서 불렀던 노래도 여전히 화제가 되고 있을 정도였다.

물 들어올 때 노 저으라는 말도 있었지만, 현우는 송지유의 이미지 소비가 심할까 봐 최대한 완급을 조절하고 있었다.

"간다."

"오빠."

송지유가 현우를 붙잡았다. 현우가 몸을 돌렸다.

"왜? 얼른 들어가. 사람들 몰린다."

"아까 말했던 거. 잘 해결될 거에요."

송지유가 건넨 말에 현우가 피식 웃었다.

"그래야지. 연락할게."

*　　　*　　　*

시구 스케줄을 마치고 어울림으로 돌아오자마자 현우는 출연을 번복한 기획사들에 전화를 돌렸다.

—대표님, 죄송합니다.

"이유라도 알려주셔야 하는 거 아닙니까? 우리 어울림을 포함해서 프로듀스 아이돌 121에 출연하는 기획사들이 한두 군데가 아닙니다. 녹화가 겨우 2주 남았습니다. 이건 경우가 아닙니다. 잘 아실 텐데요?"

—죄송합니다. 일개 매니저가 무슨 힘이 있겠습니까? 사장님이 하라면 하라는 대로 해야죠.

"그럼 이유라도 말씀해 보세요."

—죄송합니다. 조만간 알게 되실 겁니다.

"후우. 알겠습니다. 수고해요."

현우는 대표실 책상 위로 펼쳐진 명함들을 쳐다보았다. 여섯 군데의 기획사들은 미리 말을 맞춘 것처럼 '곧 알게 될 것이다' 라는 말만 하고 있었다.

이승훈이나 이진이는 아직도 연락이 없었다. 대표실 책상에 앉아 현우는 곰곰이 생각에 잠겼다. 드르륵. 어느 순간 핸드폰이 울렸다. 기다리고 기다리던 이진이였다.

"네. 받았습니다, 작가님."

—현우 씨, 저예요. 방금 전에 국장님한테 이야기 듣고 오는 길이에요.

"대체 무슨 일입니까? 매니저들도 미안하다고만 하고 도통 말을 해주지 않던데요?"

—그럴 만해요. 휴우.

이진이가 땅이 꺼져라 한숨을 내쉬었다.

—현우 씨, 비상이에요. SBC에서 오디션 프로 들어가는데 우리랑 포맷이 너무 비슷해요. 어쩌면 더 나은 것 같기도 해요. 어쩌죠?

순간 현우의 머릿속으로 수많은 생각과 가설들이 스쳐 지나갔다.

"SBC의 오디션 프로 때문에 기획사들이 출연을 번복한 겁니까?"

—네. 현우 씨가 생각한 대로예요. 그리고 국장님이 기획안을 구해주셨거든요. 코코넛 톡으로 보내 드릴게요. 확인해 보세요.

잠시 후, 코코넛 톡으로 기획안이 담긴 사진 한 장이 날아왔다.

'K—POP! 슈퍼 아이돌!' SBC에서 새로 편성되는 오디션 프로그램의 명칭이었다. 현우는 천천히 기획안을 읽어 내려갔다. 서서히 현우의 얼굴이 굳어져 갔다.

MBS의 '프로듀스 아이돌 121'과 포맷이 흡사했다. 오히려 스케일적인 면에서는 SBC의 'K—POP! 슈퍼 아이돌!'이 월등했다. 연습생만 200명에 달했다.

참가하는 연습생들의 목록을 살펴보던 현우가 어느 순간 핸드폰을 내려놓았다.

S&H의 연습생이 3명, 그리고 JYB와 JG의 연습생들이 각각 2명씩 참가를 하고 있었다. 출연을 번복했던 중대형 기획사들의 연습생들도 목록에 이름을 올리고 있었다.

'큰일이다.'

위기감이 엄습해 왔다.

SBC의 오디션 프로에 출연하는 연습생들은 3대 기획사를 중심으로 중대형 기획사 출신들이 대부분이었다.

그에 비하면 MBS는 현우의 어울림이나 파인애플 뮤직, 플래시즈 엔터테인먼트를 제외하면 소형 기획사 출신이나 일반인 연습생들이 대부분이었다.

심지어 플래시즈 엔터테인먼트는 배우 매니지먼트를 중점적으로 해왔던 배우 기획사였다.

"작가님, 기획안 봤습니다. 이번에는 진짜로 만만치 않겠습니다."

—그러니까요. 오늘이 지나면 이제 녹화까지 겨우 13일밖에 남지 않아요. 현우 씨, 저희 좀 도와주세요. 저희 제작진도 최선을 다해볼게요, 네?

"알겠습니다. 저도 최선을 다해보겠습니다."

전화를 끊고 현우는 의자 뒤로 고개를 젖혔다.

19명의 연습생을 충원해야 했다. 그렇지 않으면 방송은 녹화조차 들어가지 못하게 된다.

*　　*　　*

딸랑. 카페 안으로 현우가 들어섰다.

"여깁니다!"

젊은 남자 한 명이 현우를 반겼다. 현우가 맞은편에 앉아 입을 떼었다.

"오랜만입니다. 그동안 잘 지냈어요?"

"그럭저럭 지냈습니다. 매니저님, 아니, 이제는 대표님이시죠."

젊은 남자가 씁쓸하면서도 부러운 얼굴로 현우에게 말했다. 현우는 눈앞의 젊은 남자를 찬찬히 살펴보았다.

젊은 남자의 정체는 '발굴! 뉴 스타!' 출연을 위해 잠시나마 경쟁을 펼쳤었던 코인 엔터의 팀장 매니저 백동원이었다.

"살이 많이 빠졌네요."

"예. 그렇죠. 마음고생이 심했으니까요. 동아줄로 생각했던 발굴 뉴 스타가 처참하게 조기 종영이 되어버린 게 타격이 컸어요. 다들 지쳤어요. 저도 지쳤고 우리 아이들도 지쳤고… 사장님도 지쳤죠."

현우는 천천히 고개를 끄덕였다. 코인 엔터에서 심혈을 기울여 제작한 걸 그룹 프리즘은 심해로 가라앉고 있었다.

요즘에는 음악 방송은커녕, 케이블 예능에서도 자취를 감추어 버렸다.

"힘내라는 말밖에는 하지 못하겠습니다."

"감사합니다. 어울림은 요즘 정말 잘나가던데요? TV만 틀면 송지유 씨 광고가 나오더군요. 소주에, 화장품에, 커피에, 베이커리. 그저 부럽네요. 우리 아이들은 치킨 광고 하나만 찍어도 소원이 없겠습니다."

"치킨 광고 찍을 겁니다."

"예? 치킨 광고를 찍게 될 거라고요?"

백동원이 반문했다.

"치킨 광고 찍고 싶지 않아요?"

"당연히 찍고야 싶죠."

치킨 광고는 걸 그룹에게는 인기를 증명해 주는 하나의 상징이었다.

"팀장님, 프로듀스 아이돌 121. 우리 어울림이랑 같이 한번 해봅시다."

현우의 제안에 백동원은 쉽사리 대답을 하지 못했다.

"저희 코인 엔터는 이제 오디션 프로그램이라면 치가 다 떨립니다. SBC에서 K—POP인가 뭔가로 연락 온 것도 저희가 거절했는데요? 어차피 우리 애들 나가봤자 큰 기획사 연습생들 들러리나 할 겁니다. 대표님도 잘 아시지 않습니까?"

"High risk, High return이라는 말이 있습니다. 주식 용어라 별로 좋아하지는 않는데… 위험을 감수한 만큼 그 보상이 크게 돌아온다는 거죠."

"반대로 생각하면 그만큼 불확실성도 크다는 이야기 아닙니까? 이번에도 실패하면 우리 아이들은 끝입니다. 저희 코인 엔터도 끝이고요. 또 모험을 할 수는 없습니다."

'발굴! 뉴 스타!'로 한 번 실패를 맛본 백동원은 단호했다.

"죄송한 말씀이지만 코인 엔터나 프리즘이 사라지는 건 시간문제입니다. 팀장님도 모르시지는 않을 텐데요?"

"……."

"팀장님의 아이들이 최종 멤버가 될지는 저도 모릅니다. 초반에 탈락을 할 수도 있겠죠. 하지만 약속하겠습니다. 아이들이 열심히만 한다면 누구든 들러리 역할을 맡지는 않을 겁니다. 제가 보증하겠습니다."

"잠시 생각 좀 해보겠습니다."

백동원은 고민했다. 수많은 생각들이 오고 갔다.

SBC의 'K—POP! 슈퍼 아이돌!'은 3대 기획사와 중대형 기획사들이 이미 잔뜩 포진해 있어서 가망이 없어 보였다.

'프로듀스 아이돌 121'은 어울림과 몇몇 중형 기획사들을 제외하면 다들 고만고만했다.

그렇다고 해서 쉽게 결정을 내릴 수도 없었다. '프로듀스 아이돌 121'이 시청률 싸움에서 밀려 '발굴! 뉴 스타!'처럼 실패를 할 수도 있었기 때문이었다.

한참을 고민하던 백동원이 현우를 바라보며 입을 열었다.

"결정했습니다."

현우는 긴장한 얼굴로 백동원의 입만 쳐다보았다. 뜸을 들이던 백동원이 다시 입을 열었다.

"대표님을 믿고 한 번 더 도전해 보겠습니다."

"고맙습니다, 고마워요."

"정말 대표님만 믿고 가는 겁니다."

지금 백동원의 입장에서 유일한 판단의 기준은 현우라는 존재였다.

어울림의 젊은 대표는 요즘 최고의 인기를 누리고 있는 송지유를 발굴한 사람이었다. 또한 어울림 연습생들도 소극장 공연이 화제가 되면서, 벌써 일본에서는 팬덤까지 구축이 되고 있었다.

지금까지의 성공이 실력인지, 아니면 기가 막힌 행운이 따른 결과인지는 모르겠지만 확실한 건 어울림의 젊은 대표가 지금까지 실패를 한 적이 없다는 사실이었다.

무엇보다 백동원이 느끼기에 현우는 처음 '발굴! 뉴 스타!' 제작진 미팅에서 봤을 때와 별로 달라진 것이 없어 보였다.

그리고 몇 달 전 음악캠프에서 재회를 했을 때도 마치 아무 일도 없었던 것처럼 편안하게 자신을 대해주었다. 한결같은 모습에 믿을 수 있을 것 같다는 생각이 들었다.

"그런데 연습생 몇 명이 부족한 겁니까?"

"프리즘이 네 명이니까 아직 열다섯 명이 부족합니다."

"그렇게나 많이요?"

백동원이 머리를 긁적였다. SBC의 'K—POP! 슈퍼 아이돌!' 때문에 연습생을 구하기도 만만치 않은 상황이었다.

"디온 뮤직 매니저님이랑 요즘도 연락하십니까?"

"아, 그게 말입니다. 디온 뮤직 얼마 전에 문 닫았습니다. 사채 이자를 감당하지 못했던 모양이에요. 빚 다 털고 사장은 잠적했다는 소문만 돌고, 영진 씨는 요즘 뭐 하고 있는지도 모릅니다."

백동원의 말에 현우는 씁쓸했다.

"사바나 애들은요?"

프리즘이 코인 엔터의 4인조 걸 그룹이라면 사바나는 디온 뮤직 소속의 7인조 걸 그룹이었다. 백동원이 고개를 저었다.

"저도 모릅니다. 영진 씨한테 한번 연락해 볼까요?"

"그럼 감사하죠."

백동원이 급히 전화를 걸었다.

"영진 씨, 잘 지냈어요? 네. 저도 잘 지냈죠. 저… 혹시 김현우 매니저님 기억나요? 맞아요. 지금은 어울림 대표님이시죠. 잠깐만요. 지금 저랑 같이 계시거든요. 전화 바꿀게요."

백동원이 현우에게 핸드폰을 건넸다.

"네, 김현우입니다. 매니저님 잘 지냈어요?"

—오, 오랜만이네요. 잘 지냈냐고요? 글쎄요. 그냥 하루하루 버티고 있습니다.

"시간 있으면 오늘 술 한잔할래요?"

—예? 술이요?

최영진은 물론이고 백동원도 당황했다.

"네. 삼겹살에 소주 어때요?"

—네, 저야 감사하죠.

"어디세요?"

—집입니다.

"그럼 백 팀장님이랑 그리로 가겠습니다. 씻고 준비하고 나와요."

—예. 알겠습니다!

최영진의 목소리에 기합이 바짝 들어갔다.

*　　　*　　　*

신림 뒷골목의 허름한 가게 안으로 현우와 백동원, 최영진의 모습이 보였다. 불판 위로 두툼한 주먹 고기들이 익어가고 있었다.

"한 잔 하죠."

현우가 두 사람의 잔을 채워주었다. 최영진이 조심스레 현우의 잔에 소주를 채웠다. 세 사람이 나란히 소주를 들이켰다.

"오늘처럼 괜찮죠? 우리 지유가 광고 모델이라 그러는 게 아니고 맑은이슬보다 훨씬 부드러워요."

"진짜 그런 거 같네요."

그렇게 말하고 최영진이 가게 안을 둘러보았다. 벽마다 오늘처럼의 포스터가 붙어 있었다. 가게 밖에는 송지유의 입간판이 세워져 있었다.

단 몇 달 사이에 송지유는 국민 소녀가 되어 있었다. 최영진이 슥 현우를 쳐다보았다. 부러웠다. 지금의 자신이 초라하게 느껴졌다. 자기도 모르게 한숨이 나왔다. 그리고 현우가 이를 놓칠 리가 없었다.

"많이 먹어요."

두툼한 고기를 최영진의 그릇에 올려놓아 주었다.

"감사합니다."

최영진이 고기를 입으로 가져갔다. 현우가 또 그릇에 고기를 올려주었다. 무거운 분위기에 백동원은 눈치만 보며 조용히 있었다. 어느새 불판 위에서 고기가 사라져 버렸다.

"이모! 3인분만 더 주세요!"

불판 위로 고기가 놓여졌다. 서로 소주잔을 들이켜고 현우가 최영진의 그릇에 다시 커다란 고기 하나를 올려주었다.

"먹어요."

"……."

젓가락으로 고기를 집더니 갑자기 최영진의 눈동자가 붉어졌다. 다 큰 남자가 갑자기 꺽꺽거리며 눈물을 흘리기 시작했다.

"여, 영진 씨."

"가만히 둡시다."

현우가 조용히 말하며 최영진을 지켜보기만 했다.

마음을 추스른 최영진이 꾸벅 고개를 숙였다.

"죄송합니다. 그냥 이런 상황에서 고기가 너무 맛있는 게 화가 났습니다. 이런저런 생각도 많이 들었고요. 대표님께 이런 모습을 보이면 안 되는데… 창피해서 쥐구멍이라도 있으면 들어가고 싶네요. 죄송합니다."

"아닙니다. 남자도 충분히 울 수 있죠. 속은 좀 후련해요?"

"네. 후련합니다. 진짜 후련해요. 그동안 저도 모르게 마음속에 쌓아만 두고 있었나 봅니다."

연예계에게 몸담고 있는 사람이라면 연예인이든, 매니저든, 누구에게나 꿈이라는 것이 존재한다. 그런데 디온 뮤직이 망했다.

현우는 최영진을 이해했다.

"요즘은 뭐 하고 지내요?"

"백수입니다. 하지만 연예계 쪽에서는 다시는 일하고 싶지 않습니다."

"그래요?"

현우가 소주를 들이켰다.

디온 뮤직이 대단한 기획사도 아니었고, 백동원과 달리 최영진은 팀장이나 실장 같은 직책도 없었다.

신입 로드 매니저. 딱 그 정도였다. 최영진이 마음만 먹으면 다른 기획사에 취직을 하는 건 어려운 일이 아니었다. 오히려 경력직이라 취업에 유리할 것이다. 그런데도 최영진은 연예계를 떠나고 싶다 말하고 있었다.

'말 못 할 사연이 있구나.'

현우가 최영진의 잔을 채워주었다.

"영진 씨는 아직 어리잖아요. 이렇게 쉽게 포기할 겁니까?"

"저는 자격이 없어요."

"자격이요?"

현우가 물었다. 붉어진 눈동자로 최영진이 현우를 바라보았다. 단단히 결심한 얼굴로 최영진이 용기를 냈다.

"제가 아무렇지도 않게 매니저 일을 시작하면 사바나 애들한테 면목이 없어요."

"무슨 일인지 말해봐요."

"이번 앨범을 만들면서 몇몇 아이들 이름으로 사채까지 끌어다 썼습니다. 근데 저는 사장님을 말리지 못했어요. 회사가 문을 닫을까 봐 그냥 모른 척했습니다. 그래서 저는 자격이 없어요."

"……!"

현우의 눈썹이 꿈틀거렸다. 소형 기획사에선 연습생들에게 금전을 요구하는 일이 가끔 있었다. 물론 앨범을 제작하기 위해서였다고는 하지만 현우는 기분이 좋지 않았다.

"사바나 아이들은 지금 다들 뭐 합니까?"

"너무 미안해서 연락도 못 해봤습니다. 가끔 아이들한테 잘 지내냐고 연락이 오기는 해요."

"영진 씨, 아니, 매니저님. 아이들 당장 불러 모으세요."

"네? 지금요?"

현우는 말없이 '프로듀스 아이돌 121'의 기획안을 내밀었다.

기획안을 읽어보던 최영진이 부르르 손을 떨었다.

"아이돌 오디션 프로네요? 혹시 프리즘도 여기 나가는 겁니까?"

"그렇게 됐어요. 여기 이분한테 저도 홀랑 넘어갔습니다, 영진 씨."

백동원이 말했다.

"저, 저희 아이들이 여기 출연할 수 있을까요?"

최영진이 간절한 얼굴을 했다. 최영진과 사바나는 백동원과 코인 엔터와는 상황 자체가 달랐다. 디온 뮤직은 문을 닫았고, 사바나는 해체나 다름없는 상황이었다.

"네. 사실 그래서 영진 씨를 만나자고 한 겁니다. 이렇게까지 상황이 나빴을 줄은 몰랐지만요."

갑자기 최영진이 벌떡 일어났다. 그리고 현우를 향해 고개를 숙여 보였다.

"가, 감사합니다. 감사합니다! 대표님!"

"아, 아니, 이럴 필요까지는 없어요."

현우도 얼른 일어났다. 최영진의 눈동자가 또 붉어졌다. 현우가 쓰게 웃었다.

"여자도 울려본 적이 없는데, 이건 좀 아닌 거 같은데요? 사바나 아이들이나 불러주세요."

"당장 연락하겠습니다! 애들도 좋아할 겁니다!"

핸드폰을 들고 최영진이 급히 밖으로 나갔다.

"기왕이면 오늘 프리즘도 보고 싶은데 가능하시겠습니까?"

"될 겁니다. 그럼 잠시 저희 사장님이랑 통화 좀 하고 오겠습니다."

백동원도 최영진을 따라 밖으로 나갔다. 홀로 남은 현우가 가게 안에 있는 TV를 쳐다보았다. TV 속에선 송지유의 베이커리 광고가 흘러나오고 있었다.

*　　　*　　　*

"내가 술 마시지 말라고 했죠?!"

짝! 소리와 함께 현우의 등에서 불이 났다.

"오늘은 어쩔 수가 없었다니까?"

"그러다 알콜 중독으로 인생 마감하고 싶어요?"

송지유가 따지고 들었다. 현우가 곤란한 얼굴을 했다. 그리고 현우의 뒤쪽으로 백동원과 최영진이 어색한 얼굴을 한 채 모습을 드러내었다.

"죄, 죄송합니다. 저희 때문에 대표님이 술을 좀 마셨습니다."

"진짜입니다, 지유 씨."

백동원과 최영진이 송지유의 포스에 눌려 자기들도 모르게 사과를 하고 있었다. 현우가 이마를 짚었다.

"안녕하세요, 송지유입니다. 코인 엔터 매니저님이랑 디온 뮤직 매니저님 맞으시죠? 오랜만에 뵙네요."

송지유가 자신들을 알아보자 두 매니저의 입이 귀에 걸렸다. 조금 전에 있었던 일들은 까마득하게 잊은 상태였다.

"이 시간에 회사는 무슨 일이야?"

"심심해서 은정이랑 놀러왔어요. 야식이나 같이 먹을까 했어요."

"그래? 조금 이따가 손님들 온다, 지유야."

"알겠어요."

송지유가 김은정의 손을 잡고 밖으로 나갔다.

"두 분이 사이가 참 좋은 거 같습니다. 오누이 같기도 하고."

백동원이 부러운 얼굴을 했다.

"뭐, 같이 겪어온 일이 많으니까요."

현우가 피식 웃으며 두 사람을 3층 대표실로 안내했다.

"무형에서 보기는 했었는데 사무실 참 좋네요."

최영진이 사무실을 둘러보며 말했다. 그러다 핸드폰을 꺼내 들었다.

"왔어요. 우리 애들 왔습니다!"

잠시 후, 3층 사무실로 일곱 명의 여자아이들이 모습을 드러내었다. 표정들이 제각각이었다. 초조와 불안, 그리고 설렘과 기대감이 복잡하게 뒤엉켜 있었다. 하지만 한 가지는 확실했다. 사바나의 시선이 온통 현우에게로 향해 있었다.

뒤이어 계단으로 네 명의 여자아이들이 더 나타났다. 코인 엔터의 프리즘이었다. 사바나와 프리즘이 반가움에 서로를 껴안았다. 몇몇 아이들은 눈물을 흘리기까지 했다.

비슷한 처지에 있는 아이들이었다. 현우는 아이들이 감정을 추스를 때까지 가만히 지켜만 보았다.

백동원과 최영진이 아이들을 일렬로 세웠다.

"얘, 얘들아. 일단 여기 김현우 대표님한테 인사드려."

"초원처럼 푸르게! 사바나입니다! 안녕하세요! 대표님!"

"너희들도 인사해야지."

"반짝반짝! 프리즘입니다! 안녕하세요!"

걸 그룹답게 군기가 바짝 들어 있었다. 현우도 자리에서 일어났다.

"반갑다. 나는 어울림 엔터테인먼트의 김현우라고 해. 여기 백 팀장님이랑 영진 씨랑은 좀 친분이 있고, 너희들은 오늘 처음 보네."

긴장을 풀어주기 위해 현우는 일부러 부드럽게 말했다.

"일단 앉자."

아이들이 소파에 앉아 기대에 찬 눈동자로 현우를 바라보았다. 그 모습에 최영진이 고개를 숙였다. 서운했다. 하지만 20살이 넘은 멤버들 세 명은 기획사 때문에 사채 빚까지 떠안고 있었다. 면목이 없었다.

"내가 너희들을 만나자고 한 건, 너희들에게 제안을 하고 싶어서야."

"제안이요?"

사바나에서 가장 연장자이자 리더인 21살 유은이 대표로 물어보았다.

"한번 읽어봐."

현우가 기획안을 나누어주었다. 사바나 멤버들과 프리즘 멤버들이 기획안을 읽기 시작했다.

아이들이 하나둘 기획안을 테이블로 내려놓았다. 마지막으로 프리즘의 막내 멤버가 기획안을 내려놓자 현우가 입을 열었다.

"백 팀장님과는 이미 이야기가 끝났어. 영진 씨도 마찬가지고. 나는 너희들의 생각을 들어보고 싶다."

현우는 사바나와 프리즘을 살펴보았다.

사바나의 유은이 벌떡 일어났다.

"저희 할 수 있어요. 꼭 해야 해요! 기회를 주셔서 정말 감사합니다. 얘들아! 빨리 감사하다고 말씀드려!"

"감사합니다! 최선을 다하겠습니다!"

"정말 열심히 할게요!"

사바나 멤버들 몇 명이 결국 눈물을 터뜨렸다. 디온 뮤직이

망한 상황에서 마지막 기회를 얻은 셈이었다. 최영진도 붉어진 눈동자로 아이들을 쳐다보고 있었다.

"울지들 말고."

현우가 티슈를 통째로 건네주었다.

이번에는 현우의 시선이 프리즘에게 향했다.

"너희들 생각은 어때?"

프리즘의 리더인 박소연이 슬며시 고개를 저었다.

"저희는 안 할래요. 못 할 거 같아요. 죄송해요."

"어? 소, 소연아! 너 왜 그래?"

박소연의 말을 듣고, 너무 놀라 백동원이 말까지 더듬었다.

"이유를 알 수 있을까?"

현우가 차분한 어조로 물었다. 박소연은 푹 고개를 숙인 채 말이 없었다.

"소연이라고 했지? 괜찮으니까 편하게 말해봐."

"저희는 K—POP 슈퍼 아이돌에 출연하고 싶어요. 죄송합니다, 대표님."

박소연이 미안한 얼굴로 말했다.

"아냐. 어떤 프로에 출연을 하던 너희들 스스로의 선택이 가장 중요한 법이지. 사장님이랑은 이야기된 거야?"

"네. 사실 여기 오기 전에 저희가 사장님을 설득했었거든요. 근데 팀장님한테 갑자기 연락이 온 거예요. 정말 죄송합니다."

"그럼 어쩔 수 없지. 괜찮으니까 그렇게까지 미안해할 필요 없어."

당장 한 명의 연습생이 아쉬운 상황이었지만 강요를 할 수는 없었다. 백동원이 미안해 죽겠다는 표정을 하고 있었다.

"저어……."

프리즘 멤버 한 명이 갑자기 손을 들었다. 막내 전유지였다. 잠시 박소연의 눈치를 보던 전유지가 자그맣게 입을 열었다.

"저랑 시시 언니는 프로듀스 아이돌에 출연하고 싶어요."

"어? 유지야?!"

백동원이 놀라 입을 다물지 못했다.

프리즘 멤버들의 의견이 반반으로 갈라져 있었다. 박소연과 김현주는 SBC의 'K—POP! 슈퍼 아이돌!'을, 그리고 막내 전유지와 중국인 멤버 양시시는 MBS의 '프로듀스 아이돌 121'에 출연하기를 원하고 있었다.

"너희들 대체 왜 그래?! 엉?"

백동원이 프리즘에게 조금 화를 냈다.

"소연이랑 현주는 JYB 연습생 출신이라 자신이 있을 거라고 생각해요. 하지만 저랑 유지는 많이 부족해요. SBC에 출연하면 금방 떨어질 거예요. 또 상처받기 싫어요."

양시시가 또박또박 한국말로 현우에게 말했다. 그리고 눈물을 훔치고 있는 전유지를 안아주었다.

현우가 습관적으로 턱을 만졌다. 상황이 묘하게 돌아갔지만 프리즘 멤버들이 조금은 이해가 되었다.

JYB 연습생 출신인 박소연과 김현주는 실력에 어느 정도 자신이 있는 모양이었다. 그래서 SBC의 'K—POP! 슈퍼 아이돌!'에 마지막 기대를 걸고 있는 것 같았다.

반면, 양시시와 전유지는 3대 기획사와 중대형 기획사들이 출연하는 'K—POP! 슈퍼 아이돌!'보다는 상대적으로 경쟁이 덜한 '프로듀스 아이돌 121'이 자신들에게 어울릴 것이라 생각하고 있었다.

잠시 고민하던 현우가 마침내 입을 열었다.

"백 팀장님은 어떻게 생각하세요? 저는 아이들이 원하는 대로 각 프로그램에 출연을 해도 괜찮을 것 같은데요."

현우의 말에 프리즘 멤버들의 얼굴이 밝아졌다. 반면 백동원은 머리가 아파왔다.

"글쎄요… 근데 괜찮겠습니까? 같은 그룹 애들이 동시에 다른 방송국의 오디션 프로에 나갔던 전례가 없을 텐데요?"

"전례는 만들면 그만이죠. 동시 출연이 안 된다는 법이 있는 것도 아니고, 어차피 걸 그룹 멤버가 아니라 연습생 신분으로 들어갈 거니까 문제는 없을 겁니다. 그리고 코인 엔터 입장에서도 손해는 아닐 거예요. 어쨌든 두 개의 오디션 프로에 나가는 꼴이니 주목을 받을 수 있을 겁니다."

"후우. 그럴까요?"

혼란스럽긴 했지만 현우의 말이 틀린 말이라는 생각은 들지 않았다.

"사장님이랑 이야기 좀 해봐야겠네요. 소연이랑 현주는 택시비 줄 테니까 집으로 가고."

백동원의 말에 박소연과 김현주가 일어나서 현우에게 꾸벅 고개를 숙였다. 그리고 아쉬운 얼굴로 남은 프리즘 멤버들과 사바나 멤버들을 잠시 쳐다보았다.

"우리 꼭 다 잘될 거야."

이 한마디를 남기고 박소연과 김현주가 계단을 내려갔다.

사무실에 잠시 무거운 분위기가 흘렀다. 남은 멤버들의 표정도 무거워 보였다. 박소연과 김현주의 빈자리가 느껴졌기 때문이었다.

"치킨 배달 왔습니다!"

별안간 김은정이 나타났다. 양손 가득 치킨 박스가 담긴 봉지가 들려 있었다. 치킨 냄새가 진동을 했다. 김은정에 이어 송지유도 치킨 봉지를 들고 나타났다.

프리즘과 사바나 멤버들이 탄성을 지르며 송지유를 뚫어져라 쳐다보았다. 그러거나 말거나 송지유가 테이블 위로 치킨 박스들을 깔았다.

"소, 송지유야. 진짜 송지유."

"진짜 예쁘다. 실물이 더 나은 거 같아."

"귓속말 다 들리거든? 치킨 눅눅해지면 맛없으니까 뚜껑 좀 열어줄래?"

"네, 네!"

프리즘과 사바나 멤버들이 분주하게 치킨 박스 뚜껑을 열었다. 마지막으로 김은정이 테이블 위로 음료수들을 깔았다.

현우와 송지유의 시선이 마주쳤다.

"은정이랑 야식 먹으러 간다고 하지 않았어?"

"손님들이 있는데 어떻게 둘만 먹어요? 그래서 그냥 포상해 왔어요. 다들 배고프지? 신경 쓰지 말고 많이 먹어."

"가, 감사합니다!"

송지유를 향해 동경과 감동의 눈빛이 쏟아졌다. 백동원과 최영진도 크게 감동을 받았다. 국민 소녀라 불리는 송지유였다. 하지만 권위 의식이나 오만함은 찾아볼 수가 없었다.

'기특한 녀석.'

현우도 괜히 어깨가 으쓱했다.

송지유를 향해 질문들이 쏟아졌다. 프리즘의 막내인 전유지는 아예 송지유 옆에서 떨어질 줄을 몰랐다.

"언니는 연습생 생활 몇 년 하셨어요?"

"한 달."

"네에?! 진짜요?"

전유지는 물론이고 다들 믿지 못하겠다는 표정들을 했다.

"연습생 생활은 짧았지만 어려서부터 노래 연습은 많이 했어. 노래도 많이 들었었고."

"그렇구나."

전유지가 고개를 끄덕거렸다.

야식을 다 먹고 백동원과 최영진이 멤버들을 챙겨 돌아갈 채비를 했다. 송지유와 몇 마디라도 더 이야기해 보고 싶어 프리즘과 사바나 멤버들은 대놓고 아쉬운 기색을 내비쳤다. 마지막으로 송지유가 입을 열었다.

"오늘 만나서 반가웠어. 녹화까지 얼마 남지 않았으니까 연습들 열심히 해. 나도 옆에서 응원해 줄게."

"감사합니다!"

송지유의 격려에 프리즘과 사바나 멤버들이 전의를 불태우기 시작했다.

* * *

첫 녹화가 들어가기도 전에 MBS와 SBC가 경쟁적으로 홍보성 기사들과 광고들을 쏟아내었다. 비슷한 포맷의 두 프로그램을 비교하며 수많은 기사가 쏟아졌다.

[SBC의 새 프로그램, 3대 기획사 소속 연습생 대거 출격!]

[MBS, '프로듀스 아이돌 121'에 어울림의 고양이 소녀들 출연하나?]

[경쟁 방송사 간의 오디션 프로 경쟁, 과연 어느 쪽이 웃게 될까?]

기사만이 아니었다. 평소 오디션 프로그램에 관심이 많은 대중들도 저마다 의견을 올리며 뜨거운 논쟁을 불러일으키고 있었다.

특히 유명 연예 블로그를 운영하는 파워 블로거의 글이 화제가 되며 커뮤니티들을 돌아다니고 있었다.

['K-POP! 슈퍼 아이돌!' VS '프로듀스 아이돌 121' 비교 분석]

안녕하세요? 이번에는 MBS와 SBC에서 일요일 저녁 6시에 방송되는 두 오디션 프로그램을 분석해 보려고 합니다.

아직 녹화 전이라는데 요즘 두 프로그램에 대해서 말이 많죠? 저 또한 두 프로그램을 주목하고 있습니다.

일단 여러분들도 아시다시피 MBS와 SBC는 요즘 예능이랑 드라마에서 치열한 경쟁을 하고 있습니다. 이런 상황에서 비슷한 형식의 오디션 프로그램이 방송된다고 생각하니 참 재밌겠네요. 그럼 분석 시작해 보겠습니다.

1. 출연하는 연습생들

연습생 규모만 보면 121명으로 이루어진 '프로듀스 아이돌 121'보다 'K-POP! 슈퍼 아이돌!'이 200명으로 2배 정도 숫자가 많습니다.

단순하게 숫자만 많은 게 아니죠. SBC에는 S&H나 JYB, JG의 연습생들이 출연한다는 소문이 돌고 있습니다. 또 다른 대형 기획사의 연습생들도 대거 참가를 한다고 하네요.

그런데 MBS에서는 어울림의 연습생들이 나온다는 루머만 도는 게 전부입니다. 일본에서 인기도 있고 국내 팬들도 있어서 주목을 받기는 할 텐데, 어울림 연습생들만으로는 확실히 무리가 있을 겁니다.

2. 방송 형식

SBC의 'K-POP! 슈퍼 아이돌!'은 기존의 검증된 오디션 프로의 형식을 가지고 있다고 합니다. 또 스케일만큼이나 각 분야의 전문가들이 출연을 한다고 합니다. 항간에는 3대 기획사마다 거물급 인사들을 심사위원으로 출연시킨다고 하는데, 만약 이게 사실이라면 더 할 말이 있을까요? 각 분야의 전문가들이 만들어낼 걸 그룹, 기대되지 않으세요?

자, 그럼 이번에는 MBS의 '프로듀스 아이돌 121' 차례입니다. SBC와 비슷한 형식으로 갈 것으로 보입니다. 한 가지 크게 다른 점이 있다면 '프로듀스 아이돌 121'은 탈락과 합격을 정할 결정자가 없다는 겁니다.

연습생들을 훈련시킬 전문가들만 있는 셈이죠. 조금 특이한 게 국민 참여 투표 제도를 시행한다는 겁니다. 최종 순위 13명을 시청자 투표로 뽑겠다는 거죠. 과연 얼마나 많은 사람들이 투표를 할지, 저는 걱정이 되기도 합니다.

또 시청자들이 뽑은 연습생들이 과연 전문가들과 심사위원들이 뽑은 연습생들과 감히 비교가 될 수 있을지도 의문입니다.

3. 시청 포인트

가장 중요한 부분이 아닐까 싶습니다. SBC의 'K-POP! 슈퍼 아이돌!'은 3대 기획사를 중심으로 대형 기획사 연습생들의 치열한 경쟁이 펼쳐질 겁니다.

하지만 MBS의 '프로듀스 아이돌 121'은 솔직히 큰 기대는 되지 않습니다. 대부분 작은 기획사 연습생들이고 일반인 참가자들까지 있다고 하니까요.

그나마 어울림의 고양이 소녀들이 유일한 시청 포인트가 될 것 같습니다.

4. 결론

어느 프로그램을 보시든 그건 여러분들의 자유입니다. 제 의견 역시 저의 주관적인 의견에 불과하고요.

첫 아이돌 오디션 프로그램이라는 점에서 두 프로그램의 성공을 기원하겠습니다.

현우가 9명의 연습생을 충원했고, 제작진이 10명의 연습생을 추가로 모집하여 다행히 녹화 일정에 차질은 없게 되었다.

하지만 사방에서 들려오는 이야기들 중에 '프로듀스 아이돌 121'에 유리한 것은 하나도 없었다. 유명 파워 블로거조차도 SBC의 우위를 예상하고 있었다.

이제 내일이면 아이들이 합숙소로 들어간다.

'당분간 인터넷은 끊으라고 말해줘야겠네.'

현우가 노트북을 덮었다. 언론과 대중들의 반응은 벌써부터 SBC 쪽으로 기울어 있었다. 하지만 현우는 담담했다.

'길고 짧은 건 직접 대봐야 아는 법이지.'

* * *

이른 새벽, 초록색 봉고차가 파주 영어 마을 안으로 천천히 들어섰다. 조금 더 안으로 들어가자 한류 트레이닝 센터와 숙소로 사용될 여러 건물이 모습을 드러내었다.

"와아. 사람 진짜 많아요."

"밴이 다 몇 대야?"

아이들이 창밖을 보고 탄성을 질렀다. 주변 일대가 각 기획사들의 밴과 연습생들로 가득했다. 지정된 주차 구역에 주차를 하고 현우와 손태명이 아이들의 짐을 받아주었다.

두 달이 넘는 시간 동안 합숙 생활을 해야 했기에 아이들의 짐은 정말 많았다.

짐들을 내려놓고 현우와 손태명이 아이들의 앞으로 섰다. 주변을 둘러보던 아이들도 곧 헤어져야 한다는 생각에 얼굴 표정들이 좋지 않았다.

현우가 조용히 입을 열었다.

"일본에서의 경험과 그동안 너희들이 흘린 땀이 아깝지 않게 최선을 다하자. 수정이랑 지연이가 애들 잘 보살펴 주고. 하나랑 지수는 장난치다가 사고치는 일 없도록 하자."

"배하나 감시는 제가 할게요!"

이지수가 자신 있게 말했다. 현우가 피식 웃으며 마지막으로 이솔을 바라보았다. 가장 신경이 쓰이고, 또 가장 걱정이 되는 아이였다. 현우가 봉고차 조수석에서 봉투 하나를 가지고 왔다.

"솔이한테 주는 선물이야."

"대표님?"

이솔이 얼른 봉투를 열어봤다. 봉투 속에는 분홍색으로 된 헬로키티 가면이 들어 있었다. 이솔이 새 가면을 만지작거렸다.

"솔이 네가 많이 힘들 거야. 언니들이 많이 도와줄 테지만 진짜 힘들면 언제든 나한테 연락해. 알았니?"

"대표님!"

이솔이 와락 현우를 끌어안았다. 일본 소극장 공연 이후로 이솔은 현우를 많이 의지하고 있었다. 주변을 지나가던 매니저들과 연습생들이 흘깃 보긴 했지만 현우는 개의치 않고 이솔의 등을 토닥여 주었다.

"나랑 약속하자. 1등은 솔이 네가 하는 거야. 할 수 있지?"

"할 수 있어요! 저 꼭 할래요!"

"그래, 그래."

현우가 작게 웃었다. 그 모습을 보고 있던 배하나가 입술을 삐죽였다.

"하나, 너 삐진 거야?"

"아니요? 안 삐졌거든요! 이제 지긋지긋한 닭 가슴살도 끝이에요! 배하나는 이제 해방이에요!"

배하나가 괜한 심술을 부렸다. 현우가 배하나의 이마에 꿀밤을 날리고는 한마디를 했다.

"숙소 메뉴 중에 두 끼가 다이어트식이야. 그럼 수고해라."

5장
당신의 소녀가
되어드리겠습니다! I

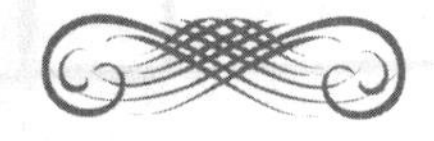

밤 11시가 훌쩍 넘은 시각. 현우는 홀로 대표실에 남아 캔 맥주를 홀짝이고 있었다. 드르륵. 늦은 시간에 핸드폰이 울렸다.

—여보세요? 대표님, 저 솔이에요.

"응, 전화 받았어."

—뭐 하고 계셨어요?

"캔 맥주 마시고 있었어."

—안주는요?

"당근 쿠키 먹고 있지. 꽤 많이 만들어놓고 갔더라?"

당근 쿠키를 먹으며 현우가 조용히 웃었다. 대표실 책상 한

쪽으로 커다란 쿠키 바구니가 놓여 있었다.

"힘들지는 않고? 할 만해?"

―네. 괜찮아요.

이솔의 목소리가 썩 좋지 못했다. 더 물어볼까 하다 현우는 그만두었다. 아이들이 프로그램에 합류한 이상 현우가 도와줄 수 있는 것은 없었다.

걱정이 되기는 했지만 이번 '프로듀스 아이돌 121'을 끝내고 나면 아이들이 한층 더 성장할 것이라고 현우는 믿고 있었다.

―내일 첫 방송 나가잖아요. 그래서 떨려요. 잠도 안 와요.

"다른 애들은?"

―옆에 다 있어요. 잠시만요.

스피커 모드로 바꿨는지 주변 소리들이 들려오기 시작했다.

―대표님! 저 지수예요! 혼자 맥주 마시니까 좋아요?

"너희들 없으니까 한가하고 좋긴 좋네."

―칫! 배하나는 지금 배고프다고 반 기절 상태예요. 바꿔드릴게요!

―여보세요? 맥주 먹고 있어요? 혹시 양념 치킨도 있어요?

"양념 치킨이 먹고 싶은 모양이네. 식단 많이 힘드냐?"

―죽을 거 같아요. 샐러드에 또 샐러드만 주고 있어요. 힝.

"배고프니까 얼른 자. 너희들도 피곤할 텐데 얼른 자고.

―제가 애들 재울게요, 걱정 마세요.

“그래, 수정아. 부탁한다. 지연이는 뭐 해?”

—저 다 듣고 있어요.

이번에는 유지연의 목소리가 들려왔다. 조금 남아 있던 캔 맥주를 마무리하고 현우가 입을 열었다.

“그래. 다들 잘 있는 거 같아 다행이네. 나도 슬슬 들어가 봐야겠다. 푹 자고, 내일 또 연락하자. 얘들아.”

—야, 양념 치킨!

—조용히 좀 해!

—대표님, 끊을게요.

툭. 전화가 끊어졌다.

현우의 시선이 노트북 화면으로 향했다.

‘프로듀스 아이돌 121’과 ‘K—POP! 슈퍼 아이돌!’이 나란히 화면으로 떠 있었다.

*　　　*　　　*

다음 날 일요일 저녁 6시. 어울림 3층 사무실에 현우와 식구들이 모여 있었다. 현우의 권유로 같은 배를 타게 된 백동원과 최영진도 함께였다.

“형 왔다. 현우야!”

정훈민이 편의점 봉지를 양손에 들고 나타났다.

"형님, 오셨어요?"

"엉. 나도 같이 봐야지. 근데 여기 이 두 분은 누구시냐?"

"코인 엔터 백동원 팀장님이랑, 디온 뮤직 매니저였던 최영진 씨입니다."

현우가 두 사람을 정훈민에게 소개했다.

정훈민과 악수를 나누던 백동원과 최영진이 갑자기 얼어붙었다. 정훈민의 뒤로 장지석이 나타났기 때문이었다.

"다들 잘 지내셨죠? 현우도 잘 지냈고?"

장지석이 현우의 손을 붙잡고 악수를 했다.

"스케줄 없으세요?"

"오늘은 좀 한가해. 훈민이랑 사우나 갔다가 따라온 거지, 뭐. 오늘 프로듀스 아이돌 121 첫 방송이라며? 그래서 나도 같이 보려고 왔어."

장지석이 하하 웃었다. 세간에 잘 알려져 있지는 않았지만 장지석은 아이돌을 엄청 좋아했다.

장지석이 백동원과 최영진과도 인사를 나누었다. 백동원과 최영진이 감격에 겨워했다.

장지석이 주변을 두리번거렸다.

"지유는 어디 갔어?"

"오늘 컨디션이 좋지 않아서 쉬고 있습니다."

"그래? 아쉽네, 아쉬워."

장지석이 아쉬워하며 자리로 앉았다. 사무실 벽으로 며칠 전에 산 TV 두 대가 나란히 달려 있었다.

손태명이 MBS와 SBC로 각각 채널을 맞추었다. '프로듀스 아이돌 121'과 'K—POP! 슈퍼 아이돌!'이 시작되며 광고가 흘러나왔다.

그사이 현우는 노트북으로 포털 사이트와 커뮤니티들을 확인했다. 기사들은 대부분 'K—POP! 슈퍼 아이돌!'에 치우쳐 있었다.

송지유의 팬 카페 SONG ME YOU를 제외하곤 다른 커뮤니티들은 '프로듀스 아이돌 121'을 별로 언급하지 않고 있었다.

"한다! 이제 시작해!"

정훈민이 현우의 어깨를 두드렸다.

'이제 본격적으로 시작이구나.'

현우의 얼굴로 긴장감이 어렸다. 일행들도 조금은 진지한 분위기 속에서 방송이 시작되기만을 기다렸다.

현우는 차분하게 두 대의 TV를 주시했다.

오프닝부터 케슈아(K—POP! 슈퍼 아이돌!)의 기세가 무서웠다. 커다란 강당으로 무려 200명이나 되는 연습생들이 줄을 맞춰 서 있었다.

트레이너로 출연하는 전문가들의 소개도 이루어졌다. 소개를 끝으로 200명의 연습생들이 음악에 맞춰 단체 군무를 추기 시작했다.

"와, 진짜 애들이 왜 이렇게 많아? 나랑 지석이 형 같은 아재들은 누가 누군지도 잘 모르겠다."

정훈민이 편의점 햄버거를 우걱우걱 씹으며 말했다.

'초반부터 머릿수로 밀어붙이겠다, 이건가?'

확실히 시선은 끌었다.

한편, 프아돌(프로듀스 아이돌 121)의 오프닝은 정반대의 모습을 보여주고 있었다.

스튜디오로 삼각형 모양의 커다란 구조물이 덩그러니 놓여 있었다.

총 121개의 자리가 비추어졌고, 코인 엔터의 연습생 양시시와 전유지가 주변을 두리번거리며 나타났다.

"우, 우리 애들 나옵니다! 나왔어요!"

백동원이 흥분을 감추지 못했다. 두 아이가 오프닝에 가장 먼저 모습을 드러냈기 때문이었다. 양시시와 전유지가 멀뚱히 서 있는 사이, 이번에는 사바나 멤버들이 스튜디오 안으로 들어왔다.

전유지가 사바나 멤버들을 보며 반가워했다. 양시시도 마찬가지였다.

"우리 애들도 나왔습니다! 대표님."

최영진이 밝은 얼굴로 현우에게 말했다. 오프닝에 처음 모습을 보인 것만으로도 두 매니저들은 크게 기뻐하고 있었다.

뒤이어 다른 기획사 소속의 연습생들이 하나둘 스튜디오로 나타났다.

121개나 되는 자리가 있었건만, 연습생들 중 그 누구도 자리로 가지 못하고 서로 눈치를 보고 있었다.

그러다 갑자기 또 다른 연습생 무리가 스튜디오에 나타났다. 훤칠한 체격의 연습생들이었는데, 현우는 한눈에 플래시즈 엔터테인먼트 소속의 연습생들이라는 것을 알아차렸다.

유수의 배우들이 소속되어 있는 기획사 출신답게 연습생들도 배우 느낌이 물씬 풍기고 있었다. 그중 한 명이 유난히도 눈에 들어왔다.

'서아라?'

18살임에도 이목구비가 뚜렷했고 서구적인 느낌이 물씬 풍겼다.

한편, 플래시즈 소속 연습생들이 등장한 탓에 스튜디오로 긴장감이 어렸다. 그런데 그때였다.

서아라가 1등 자리를 향해 거침없이 올라가기 시작했다. 그리고 아무렇지도 않다는 얼굴로 1등 자리를 차지하고 다리까지 척 꼬았다.

함께 올라온 3명의 연습생들도 각자 2등과 3등, 4등 자리를 꿰차 버렸다. 순식간에 1등부터 4등까지의 자리가 채워졌다.

멍하니 그 모습을 보고 있던 다른 연습생들이 뒤늦게 자리를 잡아가기 시작했다.

"얘, 얘들아……."

최영진이 울상을 했다. 사바나 멤버들이 거의 끝자락으로 자리를 잡았기 때문이었다.

리더인 유은이 가장 뒤에 앉았는데 등수가 무려 116등이었다. 전유지와 양시시도 눈치를 보다가 나란히 100등과 101등에 앉았다.

연습생들이 계속해서 모습을 드러내었고, 끄트머리에 파인애플 뮤직의 연습생들이 등장했다. 파인애플 뮤직은 10년 전만 하더라도 S&H와 경쟁을 했었던 대형 기획사였지만 요 근래 긴 부진에 빠져 있었다.

그래서인지 3명의 파인애플 뮤직 연습생들은 단단히 각오를 한 얼굴이었다.

파인애플 뮤직의 연습생 차보미가 1등 자리에 앉아 있는 서아라를 뚫어지게 쳐다보았다. 서아라도 피하지 않고 차보미를 쳐다보았다.

다른 연습생들이 웅성거렸다.

"뭐야? 둘이 뭐 있어?"

"저 둘이 알고 있는 사이인가 본데요?"

"맞아요. 둘 다 JG 연습생들이었을걸요?"

잠시 기 싸움을 벌이더니 두 연습생이 서로에게 손을 흔들며 인사를 했다. 차보미는 5등 자리를 차지했다.

현우는 노트북을 열었다. 커뮤니티마다 벌써 수많은 글이 올라와 있었다. 현우는 특이하게도 이번에 새롭게 만들어졌다는 'K—POP! 슈퍼 아이돌!'의 게시판을 클릭했다.

1131 케슈아랑 프아돌이랑 같이 보고 있는 중. 케슈아는 기대만큼 스케일 큼 ㅋ 근데 프아돌은 초반부터 무슨 망한 걸 그룹 애들이 나오더라. 피디랑 작가가 감 잃은 듯. 어울림 애들은 아직 나오지도 않음.

1133 프리즘이랑 사바나의 과거.gif

—ㅋㅋㅋㅋㅋㅋㅋㅋㅋㅋㅋㅋㅋㅋㅋ 뿜었다.

—기획사가 미친 거냐? 아니면 애들이 미친 거냐?

—음악 방송에 출연했다는 사실이 더 무섭다 ㅋㅋ

—요즘은 그냥 진짜 신세계라니까 ㅎㅎㅎㅎ

90년대 말에나 유행했을 법한 세기말 컨셉을 한 프리즘의 무대 영상과 아프리카 초원의 동물들을 컨셉으로 했던 사바나의 무대 영상이 올라오며 조롱거리가 되고 있었다.

옆에서 보고 있던 백동원과 최영진의 표정이 어두워졌다.

"우리 애들이 욕을 엄청 먹고 있네요. 하아."

"오프닝에 나왔잖아요. 어그로란 어그로는 다 끌 수밖에요."

정말 그랬다.

1146 나도 두 프로 다 보고 있는데 이렇게 가면 케슈아가 압승할 듯. 어라? 어울림 연습생 나온다! 다들 ㄱㄱㄱ

현우의 시선이 다시 TV로 향했다. 마지막으로 아이들이 나타났다.

"오! 나왔다! 나왔어!"

정훈민이 깜짝 놀라며 화면을 가리켰다. 아이들이 나타나자 스튜디오가 침묵으로 물들었다.

"쟤네 뭐야?"

오승석도 놀랐다. 스튜디오로 나온 아이들이 뿜어내는 포스가 보통이 아니었다. 다른 연습생들이 웅성웅성 저마다 이야기들을 쏟아내기 시작했다.

현우는 서둘러 케슈아 게시판을 들여다보았다.

1154 어울림 애들 결국 나왔네! ㅋㅋ 와나. WE TUBE에서 본

거랑 방송에서 보는 거랑 엄청 차이 나는데? 이솔 뭐냐? 가면 벗고 나오니까 졸라 예쁜데? ㅎㄷㄷ

—못생겨서 가면 쓰고 다니는 거 아니었음?

—아 흔들리면 안 되는데 ㅋㅋ 흔들릴 거 같다 ㅋㅋ

1157 어울림 비주얼 끝장나네. 플래시즈랑 비벼진다.

—ㅇㅇ 그런 듯

화면 속 카메라가 아이들을 클로즈업 했다. 배하나가 긴 머리를 뒤로 넘기다 카메라와 잠깐 눈이 마주쳤다.

1161 방금 클로즈업 잡힌 애 누구임? 몸매 미쳤다 ㅋㅋ

—배하나임. 어울림 연습생 중에 센터일걸?

—비율이 사기 ㅋㅋ 골반 봐라 ㄷㄷ

1168 근데 김수정이라는 애랑 유지연은 쌍둥이임? 닮았는데?

—쌍둥이 아님. 좀 닮기는 했는데 확 다름. 김수정은 쌍 보조개고 유지연은 보조개 하나임.

—미친 ㅋ 고양이 소녀 팬이 여기 왜 있어? ㅋㅋ 프아돌 게시판으로 가라

—그렇지 않아도 갈 거임 ㅅㄱ 우리 지수 보러감 ㅂㅇ

케슈아 게시판에서도 아이들이 화제가 되고 있었다. 특히

이솔과 관련된 글이 많았다. WE TUBE에 올라와 있는 공연 영상이나, 일본 고양이 소녀 게시판에 남긴 셀카 몇 장을 빼면 이솔에 대한 정보는 거의 없었다.

그런 참에 가면도 쓰지 않고 나타났다. 연한 갈색 눈동자와 뽀얀 피부가 유난히도 빛을 발하고 있었다.

현우가 게시판을 들여다보는 사이에 아이들이 유일하게 남아 있는 자리로 가서 털썩 앉았다. 공교롭게도 117등부터 121등까지가 아이들의 자리였다. 특히 이솔은 121등을 차지하고 있었다.

1173 ㅋㅋㅋㅋㅋ 뭐냐? 어울림 애들이 제일 꼴등이네.

—이솔 121등 ㄹㅇ? ㅋㅋ

—어울림 애들은 어이없겠다. 자리가 없어서 꼴등 자리 ㅋㅋ

반응이 나쁘지 않았다.

조금씩 현우의 입꼬리가 올라갔다.

"혀, 현우야!"

오승석이 급히 현우를 불렀다.

현우의 시선이 SBC의 'K—POP! 슈퍼 아이돌!'로 향했다. 3 대 기획사를 대표하는 인물들 세 명이 연습생들의 박수 속에서 계단을 걸어 내려오고 있었다.

S&H의 이장호 회장과 JYB의 백주영 사장, 그리고 JG의 안민석 사장이 카메라 앞으로 섰다. 등장 타이밍이며 연출이며 모든 것들이 절묘했다.

3대 기획사를 대표하는 세 인물이 압도적인 포스를 뿜어내고 있었다.

"이장호 회장님까지 나오는 거였어? SBC가 작정을 했구나, 했어."

이장호 회장의 등장에 장지석까지 놀라움을 숨기지 못하고 있었다. 아이들의 등장으로 들떠 있던 사무실 분위기가 대번에 조용해졌다.

오직 현우만이 담담한 표정을 하고 있었다.

"현우야, 넌 아무렇지도 않아?"

결국 답답한 나머지 손태명이 현우에게 물었다. 백동원과 최영진도 답답하기는 마찬가지였다.

벌써 포털 사이트에 기사까지 속속 올라오고 있었다.

현우는 여전히 담담한 표정으로 TV 화면을 주시하고 있었다.

'프로듀스 아이돌 121'의 심사위원들과 사회자인 김민수가 스튜디오에 나타났다. 연습생들이 환호성을 질렀다.

사회자 김민수가 아이들의 앞으로 섰다.

"안녕? 소녀들? 나 누군지 알지? 김민수야, 김민수. 이번에 사회자를 보게 됐으니까 잘들 해보자. 응?"

아이들이 박수를 쳤다. 이번에는 심사위원들이 앞으로 나섰다.

실력파 발라드 가수인 이아진과 보컬 트레이너로 유명한 김성희가 보컬 파트를 담당하게 되었고, 1세대 걸 그룹 출신 릴리와 유명 안무가 박정윤이 안무 파트를 맡게 되었다.

그리고 언더그라운드에서 이름을 날리고 있는 여성 래퍼 블랙로즈가 랩 파트를 담당하게 되었다.

김민수가 심사위원들을 연습생들에게 소개했고, 심사위원들이 각자 자리로 가 앉았다.

"자. 다 소개했으니까 이제 뭐 할지 대충 알지? 너희들 실력이 어느 정도인지 여기 계시는 심사위원분들이 점검을 좀 해볼 거야."

연습생들의 탄식이 쏟아졌다.

"그래도 소용없어. 근데 내가 말 안 한 게 있거든? 너희들은 연습생 신분이잖아. 그런데 대표님이 없네? 대표님을 불러올게. 기다려."

김민수가 마이크를 내려놓자마자 아이들이 경악에 찬 비명들을 질러댔다. 스튜디오로 누군가가 걸어오고 있었다.

비단 놀란 건 화면 속 연습생들만이 아니었다. 사무실에 모여 있던 사람들도 경악을 하고 있었다.

“김현우! 너 알고 있었지?”

손태명이 현우를 보며 소리쳤다.

“미안, 보안이 워낙 중요해서 말 안 했어.”

현우가 미안한 표정을 지어 보였다.

그사이 모두를 경악하게 만든 등장인물의 정체가 서서히 밝혀졌다. 바로 송지유였다. 송지유가 특유의 무표정을 보이며 스튜디오를 향해 걸어오고 있었다.

경악을 넘어 침묵으로 물든 스튜디오로 또각또각, 하이힐 소리가 생생하게 들려왔다.

스튜디오의 중앙으로 걸어온 송지유를 카메라가 풀 샷으로 잡아주었다.

개나리 색깔 하이힐에 청색 스키니 진, 하얀색 와이셔츠 위로는 징이 박힌 검정색 가죽재킷을 걸쳤다.

과하지 않은 연한 화장에 챙이 큰 플로피 햇을 비스듬하게 쓴 채로 송지유가 카메라를 향해 입을 열었다.

“안녕하세요? 국민 프로듀서님들께 인사드립니다. 프로듀스 아이돌 121, 연습생들의 대표 송지유입니다.”

고개를 숙여 인사를 한 후 송지유가 몸을 돌렸다. 연습생들과 정면으로 마주한 송지유가 무표정한 얼굴을 했다. 덩달아 연습생들도 잔뜩 긴장을 하고 있었다.

어울림에서 송지유를 만난 적이 있던 프리즘과 사바나 멤버들도 그때와는 전혀 다른 송지유의 모습에 당황스러워하고 있었다.

"안녕하세요, 연습생 여러분. 여러분들의 대표 송지유입니다. 저는 여러분들의 대표로서 이 자리에 섰습니다. 앞으로 잘 부탁드리겠습니다."

"네!"

연습생들이 한목소리로 소리쳤다. 송지유가 살짝 미소를 머금었다.

"이제 여러분들의 실력을 평가해 보겠습니다. 대표로서 한마디 드리자면, 그 어느 때보다도 최선을 다해주시길 바랍니다. 어쩌면 지금이 처음이자 마지막 기회가 될 수도 있으니까요."

연습생들의 얼굴이 무거워졌다.

방출. 121명의 연습생들 중 득표수가 적은 하위 연습생들은 방출을 당하게 된다.

방출을 피할 수 있는 가장 큰 방법은 시청자들에게 자신들이 가지고 있는 실력과 매력을 어필하는 것뿐이었다.

그런 의미에서 보자면 사전 실력 평가는 시청자들에게 첫 얼굴 도장을 찍을 수 있는 가장 큰 기회나 마찬가지였다.

김민수가 다시 진행을 하는 사이, 송지유는 심사위원들의 옆으로 가 앉았다.

“뭐야? 지유, 쟤 진행까지 잘하잖아?!”

정훈민이 놀란 얼굴로 현우를 바라보고 있었다.

“지유한테 저런 재능도 있었어? 하하.”

장지석도 대견하다는 듯 TV 화면 속 송지유를 보고 있었다.

“지석 형님이 진행하시는 프로 보고 연습 많이 한 것 같던데요?”

“그래? 그렇단 말이지?”

장지석이 진심으로 좋아했다.

김민수가 진행을 하는 사이 현우는 재빨리 노트북으로 시선을 돌렸다. 포털 사이트마다 송지유와 관련된 기사들이 쏟아져 나오기 시작했다.

[프로듀스 아이돌 121의 숨겨진 한 수는 송지유였다]

[국민 소녀 송지유! 오디션 프로그램 MC로 전격 출연!]

[제작진의 치밀한 보안에 기자들도 당했다!]

기사뿐만이 아니었다.

적진이나 다름없는 ‘K—POP! 슈퍼 아이돌!’ 게시판도 난리가 나버렸다. 3대 기획사 대표들의 등장으로 소란스러웠던 게시판이 온통 송지유와 관련된 글들로 넘쳐났다.

1311 갓지유! 등장이요!

1314 송지유의 위엄.GIF

ㅡ송지유 나타나자마자 숨 멎는 줄 암 ㅋ

ㅡ와. 진짜 개 예쁘다.

ㅡ카리스마 장난 아닌데? ㅎㄷㄷ

1317 케슈아냐. 프아돌이냐. 고민이다 ㅠㅠ

ㅡ송지유도 나오는데 프아돌 본방 사수 ㄱ?

1323 송지유한테는 투표 못 함?

ㅡ미친ㅋㅋㅋ

ㅡㅋㅋㅋㅋ나도 그 생각 함

"후우. 다행이네. 민수 형이 또 프로그램 말아먹는 줄 알았잖아."

정훈민이 안도의 한숨을 내쉬었다. 문득 정훈민이 현우를 슥 쳐다보았다.

"현우야, 원래 지유가 출연하기로 되어 있던 거였냐? 민수 형이 지유 이야기는 한 적이 없었거든. 어떻게 된 거야, 응?"

모두의 시선이 현우에게 향했다. 다들 궁금하던 찰나였다.

"사실 지유가 출연하기로 되어 있던 건 아니었습니다. 기획사들이 SBC 쪽으로 빠지고 또 들려오는 소문들도 있다 보니 여러모로 불안했었어요."

"그랬겠지. 그랬을 거야."

장지석이 작게 고개를 끄덕거렸다.

"그래서 제가 지유한테 부탁을 해봤습니다."

"결국은 현우 네 생각이었다는 말이잖아. 하여간 무서운 녀석이라니까?"

정훈민이 혀를 내둘렀다.

무모한 형제들 트로트 특집 때도 자신을 구워삶아 텐션을 끌어 올려준 사람이 바로 현우였다.

막판에는 기획안에도 없던 송지유의 데뷔 무대를 연출하기도 했었다.

"에이, 아니에요. 휴식기인데도 부탁을 들어준 지유가 고마운 거죠, 뭐."

현우는 애써 공을 송지유에게로 돌렸다.

*　　　*　　　*

스튜디오에 팽팽한 긴장감이 어렸다. 사전 실력 평가의 첫 타자는 플래시즈 엔터테인먼트의 연습생 4명이었다.

1등 자리에 앉았던 서아라를 중심으로 3명의 연습생이 대형을 잡았다.

“저희가 보여드릴 곡은 걸즈파워 선배님들의 데뷔곡 소녀들의 세계입니다. 잘 부탁드리겠습니다!”

MR이 흘러나오고 서아라를 중심으로 플래시즈 연습생들의 무대가 펼쳐졌다.

밝고 가벼운 느낌의 노래와 달리 소녀들의 세계는 안무의 난이도가 제법 있는 곡이었다.

플래시즈 연습생들도 그 점을 잘 알고 있는지 안무에 유난히 신경을 쓰고 있었다.

“덕분에 음정이 흔들리고 있네.”

현우의 솔직한 평가였다. 곡이 중후반부로 갈수록 음정은 더욱 흔들렸다.

특히 하이라이트인 고음 부분이 다가오자 메인 보컬 연습생의 페이스가 급격히 흔들리고 있었다. 결국 하이라이트 부분에서 메인 보컬이 음 이탈을 내며 무대가 끝이 났다.

“괜히 배우 엔터가 아니구나. 춤 실력은 상당한데 보컬 쪽은 꽝이야. 보컬 트레이너가 아예 없는 거 아냐?”

프로듀서인 오승석이 TV 화면을 보며 냉정한 평가를 내놓았다.

그리고 오승석의 말대로 보컬 트레이닝을 맡은 이아진과 김성희가 안무 소화 수준에 비해 보컬 수준이 낮다는 평가를 내렸다.

하지만 서아라에 대해서는 약간의 칭찬이 흘러나왔다.

"18살이라고 했지? 무대 장악력이 돋보였던 것 같아. 본인만의 스타일도 엿보였고 잘했어."

1세대 걸 그룹 출신 안무가인 릴리가 서아라에게만 칭찬을 했다. 다른 연습생들이 푹 고개를 숙였다. 칭찬을 받았건만, 서아라는 분한 표정을 지으며 눈물까지 글썽였다.

플래시즈 엔터테인먼트에 이어 파인애플 뮤직의 차례가 다가왔다. 차보미와 연습생 2명이 선배 그룹이자 전설적인 걸 그룹이었던 펑크의 'Now'를 선보였다.

한때는 S&H와 쌍벽을 이루었던 기획사인 만큼, 차보미와 연습생들의 실력은 매우 안정적이었다. 보컬도, 안무도 흠잡을 데가 없었다.

"그런데 딱 그뿐이야. 뭔가 끌리는 게 없어."

이번에도 오승석이 냉정한 평가를 내렸다. 현우와 손태명이 고개를 끄덕거렸다. 오승석의 말마따나 무대를 보고나서도 별다른 감흥이 들지를 않았다.

그리고 TV 화면 속 심사위원들도 이 점을 꼬집고 있었다. 결국 차보미와 연습생들이 실망한 얼굴로 자리로 돌아갔다.

"우, 우리 애들 차례입니다."

백동원이 잔뜩 긴장한 목소리로 현우에게 말했다. 스튜디오의 중앙으로 전유지와 양시시가 보였다.

"어, 언니. 우리 망했어요."

"조용히 해! 다 들린단 말이야!"

전유지와 양시시는 잔뜩 겁을 먹고 있었다. 앞서 있었던 두 기획사의 연습생들이 심사위원들에게 처참히 깨져 버렸다.

전유지와 양시시는 본인들의 실력을 그 누구보다도 잘 알고 있었다. 무슨 일이 벌어질지는 뻔했다.

"뭐 하니? 노래 안 할 거야?"

여성 래퍼 블랙로즈가 재촉을 했다.

"코엔 엔터의 전유지!"

"양시시입니다! 잘 부탁드리겠습니다!"

결국 등 떠밀려 전유지와 양시시가 프리즘의 데뷔곡 선샤인을 부르기 시작했다.

"하아."

백동원이 머리를 부여잡았다. 음정은 처음부터 어긋나 있었고, 그리 어려운 안무가 아닌데도 양시시가 발이 꼬여 넘어지고 말았다.

"그만! 그만해도 돼!"

유명 안무가 박정윤이 손을 들고 무대를 중단시켰다.

"너희들 가수 맞아? 춤이며 노래며 다 엉망이잖아! 라이브 해본 적 없니? 아니 못하는 거면 어쩔 수 없다고 쳐. 가수가 무대에 올라가서 벌벌 떨면서 그런 식으로 하면 누가 너희들 무대를 좋아하겠어?!"

박정윤은 진심으로 화가 나 있었다.

실력도 문제였지만 태도가 문제였다. 처음부터 잔뜩 겁을 먹었고, 성의도 없이 무대를 마쳤다.

결국 전유지와 양시시가 눈물을 흘리며 다른 연습생들의 부축을 받아 자리로 돌아갔다.

"이제 사바나 애들 차례잖아?"

"이거 좀 위험한데."

현우는 입술이 바짝 탔다. 오디션 프로였기에 망정이지 만약 음악 방송이었다면 방금 전 전유지와 양시시의 무대는 방송 사고 수준이었다.

그런데 다음 차례로 사바나 멤버들이 무대를 준비하고 있었다.

“하아. 망했다.”

결국 최영진이 고개를 숙였다. 사바나도 엉망진창인 무대를 선보이고 있었다.

그나마 리더인 유은이 자기 몫을 하고 있다는 것을 제외하면 방금 전의 무대와 별다를 것이 없었다.

오히려 숫자가 7명이나 되어 더욱 산만하게 보였다.

특히 사바나의 데뷔곡인 네츄럴 보이스는 정말이지 컨셉이 괴기스러웠다.

스튜디오로 아프리카 초원이 펼쳐지고 있었다. 결국 심사위원들이 서둘러 무대를 중단시켰다.

“너희들 데뷔까지 했었던 걸 그룹 아니었어? 유은이라고 했지? 넌 너만 잘하면 된다 이거야? 다른 애들 춤추고 노래하는 거 못 봤니?! 엉망이잖아. 너희들 소속사가 문을 닫아서 해체까지 했다고 했었지? 그럼 더 절박해야 하는 거 아니니?!”

“죄, 죄송합니다! 열심히 하겠습니다. 그리고 다 제 잘못이에요. 제가 아이들 모아놓고 연습이라도 했어야 했는데 앞으로는 잘하겠습니다!”

“잘하겠습니다!”

유은에 이어 사바나 멤버들이 푹 고개를 숙였다. 스튜디오

바닥으로 눈물들이 뚝뚝 떨어지고 있었다.

뒤이어 VCR로 프리즘과 사바나의 활동 당시 공연 영상이 흘러나왔다.

녹화 전 제작진과 회의를 하던 심사위원들이 공연 영상을 보고 놀라 입을 다물지 못하는 장면까지 교차 편집이 되어 흘러나왔다.

최영진과 백동원의 얼굴이 더 처참하게 일그러졌다.

"이건 너무한 거 아닙니까? 프리즘 애들이랑 우리 애들만 완전히 웃음거리로 만들어 버렸잖아요! 발굴 뉴 스타 때도 악플 때문에 힘들어하던 아이들입니다! 또 이렇게 되어버리면 우리 애들, 정말로 못 버틸 겁니다!"

화면을 보고 있던 최영진이 많이 격앙되어 있었다. 백동원도 말은 없었지만 기분이 좋아 보이지 않았다.

현우는 조용히 최영진의 어깨를 다독여 주었다.

"영진 씨 심정 이해합니다. 하지만 나쁜 쪽으로만 생각하지는 말아요. 우리 프로는 발굴 뉴 스타나, SBC 오디션 프로랑은 다릅니다. 완성된 아이들을 원하는 게 아니라 가능성이 있는 아이들을 원하는 겁니다. 영진 씨나 백 팀장님은 아이들을 못 믿는 겁니까? 믿어보세요. 분명히 성장해서 좋은 모습을 보여줄 겁니다."

"하, 하지만 첫 회부터 이건 너무합니다. 조롱거리가 될 겁니다."

"아뇨. 냉정하게 들리겠지만 차라리 밑바닥부터 보여주는 편이 훨씬 나아요. 잃을 것이 없는 아이들입니다. 반대로 생각해 보면 올라갈 일밖에 남지 않았다는 말도 되죠. 또 첫 회부터 아이들에게 대중들의 이목이 쏠릴 겁니다. 잘만 극복해 내면 아이들한테도 이점이 될 겁니다."

현우의 합리적인 설명에 최영진과 백동원이 결국 수그러들었다.

그 후로도 기획사 소속 연습생들과 개인 연습생들이 나와 무대를 선보였다.

라이브 무대에 대한 긴장감 때문인지 대부분의 연습생들이 크고 작은 실수를 연발했다. 결국 심사위원들의 혹평이 쏟아졌다.

1376 프아돌 뭐냐? 보는 사람? ㄷ

—보고 있음. 심사위원들 수명 5년씩은 줄었을 듯 ㅋㅋ

—이 프로 대체 뭐냐? 난 아직도 프리즘이랑 사바나 충격에서 못 벗어나고 있다. 진짜 충격 그 자체였다 ㅋㅋ

—그래도 나는 프리즘이랑 사바나 애들 측은하던데 ㅎ

—나도 좀 불쌍했음. 투표해 준다!

—거지냐. 적선하듯 투표하게 ㅋㅋ

—ㄹㅇ 연습생들이지만 실력들이 ㅎㅎ

1382 그냥 우리 본진 프로나 보자.

—그래야겠다. ㅋㅋㅋ

—스톱! 고양이 소녀 나온다!

1385 고양이 소녀 나옴! 다들 프아돌 봐봐라!

마지막 무대로 어울림의 연습생들이 스튜디오의 중앙에 나타났다. 연이은 심사에 심사위원들은 지쳐 있었다.

리더인 김수정이 마이크를 잡았다.

"안녕하세요! 어울림 엔터테인먼트의 김수정입니다. 저희 연습생들을 소개하겠습니다! 왼쪽부터 이지수! 배하나! 이솔! 유지연! 입니다!"

"잘 부탁드리겠습니다!"

아이들의 파이팅 넘치는 소개에 심사위원들이 피곤했던 기색들을 지웠다.

"너희들 일본에서는 꽤 유명하더라? 우리나라에서도 제법 유명하다며?"

김민수가 말했다. 그와 동시에 자료 화면들이 나갔다. 일본에서 있었던 공사장 공연 동영상과 함께 다스케 쿠로의 복귀 방송이 소개되었다.

"애들 부담되겠다."

"그럴 거야."

손태명과 마찬가지로 현우도 아이들이 큰 부담감을 떠안고 있으리라는 것을 직감했다.

첫 회부터 제작진이 대놓고 아이들을 띄워주고 있었다. 연예계에서 흔히 쓰이는 말로는 제작진 푸쉬라고도 한다.

마냥 부러워하고 있는 최영진이나 백동원과 달리 현우는 얼굴 표정이 그다지 좋지 않았다.

잃을 것이 없는 프리즘이나 사바나 멤버들과 달리 아이들은 어느 정도 일본과 국내에서 팬덤이 생겨난 상태였다.

자칫 실수라도 하다간 잃을 수 있는 것들이 너무나도 많았다. 현우 입장에서는 살얼음판을 걷는 것 같았다.

"저희들은 TLC의 노래를 준비해 봤습니다!"

김수정의 말에 심사위원들이 술렁거렸다.

TLC. 1990년대 초중반과 후반에 주로 활동했던 미국의 전설적인 3인조 걸 그룹이었다. 영국에는 스파이스 걸스, 미국에는 TLC가 있다는 말이 나올 정도로 큰 인기를 누렸었다. 틴 팝이나 버블 팝의 노선을 걸었던 스파이스 걸스와 다르게 TLC는 힙합과 R&B라는 장르를 바탕으로 깔고 독특한 음악과 걸크러쉬 컨셉으로 엄청난 인기를 누렸었다.

특히 한국 가요계에 TLC가 끼친 영향은 엄청났다. 1세대 걸 그룹은 물론이고, 지금의 3세대 걸 그룹들에게도 TLC의 향기가 남아 있다고 해도 과언이 아닐 정도였다.

"저희들이 부를 곡은 No Scrubs입니다!"

심사위원들이 술렁거렸다. 'No Scrubs'란 곡은 1999년 3집 앨범 Fanmail의 첫 싱글로, 4주간 빌보드 1위를 기록하고 연간 2위를 기록한 엄청난 히트곡이었다.

하지만 심사위원들이 놀란 이유는 따로 있었다. R&B 곡인 'No Scrubs'은 가창력은 물론이고 멤버들 간의 화음까지 맞춰야 하는 고난이도의 곡이었다.

아이들이 대형을 잡았다. 이솔이 핑크색 헬로키티 가면을 썼다. 아이들이 상의를 바닥으로 벗어던지며 준비해 온 의자에 앉았다. 무겁고 리드미컬한 전주가 흘러나왔다.

이솔이 먼저 선창을 했다. 허스키하고 맑은 음색이 심사위원들의 귀를 붙잡았다.

뒤이어 김수정과 유지연을 중심으로 화음이 겹쳐지기 시작했다. 리드미컬한 곡의 흐름에도 아이들은 절대 화음을 깨뜨리지 않았다.

이솔이 파트를 끝내고 화음을 넣자 이번에는 김수정이 파트를 이어받았다. 그 다음에는 김수정이 화음을 중첩시키고 유지연이 파트를 이어받았다.

아이들은 춤까지 완벽하게 소화해 내고 있었다. 이지수가 만들어낸 걸리쉬 느낌의 안무에, 안무가 릴리와 박정윤이 몸을 들썩였다.

마지막 랩 파트 부분에서는 이지수와 배하나가 서로를 마주 보며 랩을 쏟아내었다.

짧지 않은 랩 파트를 이지수와 배하나가 훌륭하게 소화해 내었다.

중첩된 화음 속에서 이솔이 R&B Soul이 담긴 감정을 쏟아내며 무대가 끝이 났다.

자리에 앉아 넋을 놓고 있던 연습생들이 박수를 토해내었다. 내내 지쳐 있던 심사위원들이 일제히 상기된 얼굴로 박수를 쳤다.

일본 공연 영상을 통해 귀여운 이미지가 강했던 아이들이 전혀 다른 느낌의 무대를 보여주었다. 노래를 부를 때는 정말 가사 그대로였다.

쓰레기 같은 남자들에게 진지하게 충고를 하듯 아이들에게선 차분하지만 명확한 걸크러쉬가 풍겨졌다.

무대를 마친 후에도 여운은 좀처럼 가시지 않았다.

연습생들의 박수가 계속해서 쏟아졌다. 거친 숨을 고르면서도 아이들의 표정은 밝았다. 이솔이 헬로키티 가면을 벗고 고개를 좌우로 흔들자 기다란 생머리가 스르르 펼쳐졌다.

화면 속 송지유가 팔짱을 낀 채로 미소를 짓고 있었다.

그리고 TV를 보고 있던 현우도 미소를 짓고 있었다.

'프로듀스 아이돌 121' 첫 회의 분수령이 바로 이 지점이라는 것을 제작진이 모를 리가 없었다.

아이들의 무대 하이라이트 영상이 자막과 함께 화면으로 나왔다. 카메라가 미소 짓고 있는 송지유와 이솔을 번갈아 보여주었다.

"너무 감명 깊은 무대였어. TLC는 나도 정말 좋아하는 그룹이거든. 내가 너희들 나이 때는 매일 TLC의 뮤직 비디오를 보고 춤이랑 노래를 연습했었어. 이솔이라고 했지? 내 주관적인 생각인데, 한국의 Left Eye라고 할 수 있을 정도로 완벽하게 노래를 소화했던 것 같아."

1세대 걸 그룹 펑크의 멤버였던 릴리가 이솔에게 칭찬을 아끼지 않고 있었다.

특히 이솔을 TLC의 멤버 레프트 아이에 비유하고 있었다. 그게 얼마나 큰 칭찬인지 현우는 잘 알고 있었다.

레프트 아이가 누구인가. TLC의 상징적인 멤버이자 작곡을 담당하기도 한 천재 뮤지션이었다.

젊은 나이에 교통사고로 목숨을 잃지만 않았다면 TLC의 전설은 계속되었을 것이라는 말이 나올 정도였다.

"수정이랑 지연이도 음색이 부드럽고 맑아서 너무 좋았어. 메인 보컬 솔이를 잘 받쳐줬던 것 같아. 호흡도 안정적이었어."

"너희 둘은 발라드도 잘 어울리겠어."

보컬 선생 이아진과 김성희가 차례로 김수정과 유지연을 칭찬했다.

"안무는 누가 짠 거니?"

"제가요!"

이지수가 얼른 손을 들었다. 박정윤이 만족스러운 얼굴을 했다.

"따로 춤을 배운 적이 있니?"

"연습생이 되기 전에는 발레를 했었어요."

"그랬구나. 어쩐지 춤 선이 곱더라. 지수도 잘했어. 더 열심히 하면 나처럼 될 수 있을 거야."

박정윤이 자신 있게 말했다. 이번에는 여성 래퍼 블랙로즈가 마이크를 들었다. 그녀의 시선이 배하나에게 향해 있었다.

"하나는 비주얼적으로 시선을 잘 잡아줬어. 하지만 그뿐이야. 다른 친구들을 따라잡으려면 더 열심히 노력해야 할 거야."

배하나가 조금은 실망한 얼굴을 했다.

"실망할 필요 없어. 넌 네 친구들이 가지지 못한 걸 가지고 있잖아?"

블랙로즈의 농담 어린 위로에 연습생들이 웃음을 터뜨렸

다. 전유지가 배하나의 굴곡진 몸매를 보다 자신의 상태를 확인하곤 시무룩한 얼굴을 했다.

"우리 애들 반응이 아주 좋아!"

오승석이 소리쳤다. 손태명도 노트북을 들여다보며 안도의 한숨을 내쉬고 있었다. 꺼져가던 '프로듀스 아이돌 121'에 아이들이 생명을 불어넣었다.

[어울림 연습생 대중 앞에 첫 공개!]

[베일을 벗은 고양이 소녀들!]

프아돌이 방송 중임에도 빠른 속도로 댓글들이 달리고 있었다. 커뮤니티에서도 반응이 폭발적이었다.

케슈아 게시판도 마찬가지였다.

1425 갓지유도 모자라서 연습생들까지 지렸다 ㅋㅋ

—소리 벗고 팬티 질러!

—어울림 애들 보여주려고 질질 끌었던 거야 ㅋㅋ

—프아돌로 갈아탄다! ㅅㄱ

1428 송대표와 솔부기.GIF

—ㅎㄷㄷ 비주얼 폭발!

—솔부기 ㅋㅋㅋ ㅇㅈ

—어디서 이런 걸 퍼왔냐 ㅋㅋ

차분했던 어울림 사무실의 분위기도 덩달아 달아올랐다.

하지만 현우는 여전히 표정이 좋지 못했다. 그리고 이를 손태명이 캐치했다.

"현우야, 너 또 숨기고 있는 거 있어? 뭔데?"

"일단 보자. 곧 알게 될 거야."

현우가 조용히 말했다.

"솔이한테 궁금한 게 있어. 일본 공연 때도 가면을 쓰고 공연을 했었지?"

안무 선생 릴리가 별안간 이솔에게 물었다. 다른 아이들은 물론이고 이솔의 얼굴이 급격히 어두워졌다.

"……."

"혹시 소속사에서 정해준 컨셉인 거니?"

"아니에요."

스튜디오가 적막에 휩싸였다.

"말 못 할 사연이라도 있는 거야?"

릴리의 질문에 이솔은 한 손에 가면을 든 채로 푹 고개를 숙였다. 김수정이 이솔의 손을 잡아주었다.

"괜찮아요, 언니."

이솔이 입술을 깨물다 입을 열었다.

"사실 무대 공포증을 앓고 있어요. 그래서 이 가면을 쓰지 않으면 무대에서 노래를 부르지 못해요."

"뭐, 뭐라고? 정말?!"

릴리와 심사위원들이 크게 놀랐다. 연습생들이 서로를 쳐다보며 수군거리기 시작했다.

감동으로 물들어 있던 스튜디오가 순식간에 아수라장이 되어버렸다.

달아올라 있던 어울림에도 대번에 찬물이 끼얹어졌다.

"이, 이거 사전에 제작진한테 말 안 했어?"

손태명이 급히 현우에게 물었다. 현우가 말없이 고개를 끄덕였다. 손태명이 황당한 표정을 하다 얼굴을 붉혔다.

"너 제정신이야?! 우리 애가 무대 공포증이라고 전국에 광고라도 하고 싶었냐?!"

"태, 태명아! 그만해!"

오승석이 손태명을 진정시켰다.

"너답지 않게 대체 무슨 생각이었던 거야?"

오승석이 나지막하게 물어보았다. 아무리 생각해도 지금의 상황이 이해가 되지 않았다. 치료를 위해 이솔을 데리고 일본까지 갔던 현우였다.

현우가 길게 한숨을 내쉬었다.

"어쩔 수 없었어."

"뭐가 어쩔 수 없었는데? 우리 회사에서 지유까지 출연시켜 주는 마당에 제작진한테 부탁 못 할 게 뭐가 있는데?"

손태명은 아직도 화가 나 있었다.

"나라고 마음이 편한 줄 알아? 여기서 고작 TV 화면으로 보는 게 내가 할 수 있는 전부라고! 그런데 솔이가 나한테 부탁을 했어. 이번 프로를 통해서 무대 공포증을 극복해 보고 싶다고 말이야."

"솔이가 직접 밝히겠다고 했다고?"

"그래. 내가 그렇게 대책 없어 보였냐?"

"……."

"……."

"미안하다, 현우야."

사건의 전말을 전해 들은 손태명이 현우에게 사과를 해왔다.

"솔이 본인의 의지야. 그리고 난 솔이의 의견을 존중해 준 것뿐이야. 쉽게 고칠 수 없는 병을 대중들에게 숨기고 가느니 차라리 이렇게 속 시원하게 밝히는 편이 솔이에게도 좋아. 솔이도 그걸 원했고."

현우의 말에 손태명과 오승석이 고개를 끄덕거렸다.

연예인인 정훈민과 장지석은 현우의 말에 크게 공감했다.

연예인들은 크고 작은 정신적 질병을 달고 사는 직업이었다.

쉽게 큰돈을 벌면서 배부른 소리라 치부하는 사람들의 반응이 대부분이었지만, 그들은 알지 못한다.

학교나 직장 등에서 따돌림을 당하며 받는 스트레스보다 연예인들이 느끼는 스트레스의 정도가 월등하게 높다는 것을.

전 세계적으로 적지 않은 수의 연예인들이 공황장애나 우울증과 같은 정신 질환을 앓고 있었다.

"믿어보자. 강한 아이잖아. 본인이 본인 입으로 무대 공포증을 이겨 보이겠다고 했어. 그럼 우린 믿는 수밖에 없어, 태명아."

* * *

심사위원들이 사전 등급을 발표하기 시작했다.

프리즘의 전유지와 양시시는 F등급을 받았다. 사바나도 유은이 혼자 C등급을 받았을 뿐, 나머지 멤버들은 모두 F등급을 받았다.

플래시즈 엔터의 서아라는 A등급을 받았고 3명의 연습생들은 나란히 B등급을 받았다.

파인애플 뮤직의 차보미는 A등급을, 그리고 다른 두 연습생들은 B등급을 받았다.

수많은 연습생 중 현우가 주목한 연습생들이 두 명 정도 있었는데 공교롭게도 모두 개인 연습생들이었다.

그중 한 명은 N.NET 오디션 프로 출신의 개인 연습생 김세희였다.

보컬적인 능력이 훌륭했고, 가냘프고 청순한 느낌이 드는 전형적인 아이돌의 외모를 가지고 있었다. 하지만 춤을 전혀 추지 못해 F등급을 받고 말았다.

다른 한 명은 베트남 출신의 개인 연습생이었다. 프랑스 혼혈이라는 이국적인 외모와 다르게 사전 실력 평가에서 처참한 실력을 보이며 F등급을 받고 말았다.

레아라는 프랑스식 이름 말고도, 하잉이라는 베트남 이름을 가지고 있어 연습생들의 웃음을 자아내기도 했다.

그리고 마침내 아이들의 차례가 다가왔다.

"오늘 사전 실력 평가에서 유일하게 마음에 드는 무대를 보여준 건 너희들뿐이야. 오늘 정말 잘해줬어."

릴리가 아이들을 칭찬했다. 그러다 무거운 얼굴로 이솔을 바라보았다.

"솔이 네 사정은 충분히 알겠어. 나도 현역으로 활동할 때 말 못 했던 고충들이 참 많았거든. 하지만 가수라면 대중들에게 얼굴을 보여줄 의무가 있어. 가면을 쓰고 언제까지 무대에 오를 수는 없다는 걸 너도 잘 알고 있을 거야. 수정이랑 지연이, 지수, 하나는 A등급을 줄게. 그리고 솔이는 F등급을 줄 수 밖에 없었어."

이솔보다 다른 네 아이들이 더 충격을 받았다. 이솔이 F등급을 받아버렸다.

사전 실력 평가를 통해 받은 등급이 앞으로의 생존에 큰 영향을 끼친다는 것을 아이들이 모를 리가 없었다.

배하나가 눈물을 글썽거렸다. 이솔이 자기보다 신장이 큰 배하나를 껴안고 위로를 해주는 진풍경이 벌어졌다.

'결국 이렇게 되는 건가.'

현우도 속이 새카맣게 타들어간 상태였다.

아이들이 보여준 무대가 인상적이긴 했지만, 무대 공포증을 놓고 대중들이 어떤 반응을 보일지 전혀 감이 잡히지 않았다.

'처음부터 솔이를 말려야 했었나.'

어울림 식구들이 걱정을 할까 내색만 하지 않고 있을 뿐, 현우는 별의별 생각이 다 들었다.

그렇게 사전 실력 평가가 끝나고 송지유가 스튜디오의 중앙으로 걸어 나왔다.

등급을 놓고 이야기를 하고 있던 연습생들이 일제히 입을 다물었다.

"연습생 여러분, 오늘 정말 고생 많았어요. 각자 받은 등급이 마음에 들지 않을 수도 있을 거예요. 하지만 오늘이 전부는 아니라고 생각합니다. 등급별 트레이닝을 시작할 거고, 3일 후에 다시 2차 등급 심사를 할 예정입니다."

일부 연습생들의 얼굴로 희망이 어렸다. 송지유가 손을 들어 장내를 진정시켰다.

"일주일 후에 여러분들의 단체 무대도 공개될 거예요. 연습 열심히들 하길 바랄게요. 그때까지 연습생 여러분, 모두 힘내시길 바랍니다."

송지유의 마지막 멘트를 끝으로 연습생들이 일제히 자리에서 일어났다. 송지유가 몸을 돌려 카메라를 똑바로 마주했다.

"국민 프로듀서님들께 경례."

"당신의 소녀가 되어드리겠습니다!"

구호를 끝으로 '프로듀스 아이돌 121'의 첫 방송이 끝이 났다.

*　　　　*　　　　*

"예능 프로그램 보면서 이렇게 진이 빠져본 건 처음이다, 처음."

정훈민이 의자로 몸을 묻으며 고개를 저었다. 정훈민의 말대로 다들 진이 빠져 있었다.

"이번 프로 끝나면 다시는 오디션 프로그램 하지 말자, 현우야."

오승석이 현우에게 말했다. 현우도 조용히 고개를 끄덕거렸다.

시청자 입장에서 오디션 프로그램을 볼 때는 흥미진진했지만 막상 자신의 연습생 아이들이 출연을 하게 되니 정말이지 피가 말랐다.

"반응은 내가 대신 봐줄까?"

손태명이 노트북의 뚜껑을 열며 물었다.

"아냐. 어차피 내일이면 다 알 텐데 뭐. 내가 직접 볼게. 참, 다들 배고프지 않아요?"

현우가 주변을 둘러보며 말했다. 기다렸다는 듯 정훈민과 장지석이 배를 어루만졌다.

"지석이 형님, 뭐 드시고 싶은 거 있으세요?"

"현우, 네가 사게?"

"당연히 제가 사야죠."

"족발이랑 치킨이랑 피자가 먹고 싶구나, 동생아."

정훈민이 끼어들며 말했다. 현우가 피식 웃으며 손태명을 쳐다보았다.

"태명아, 들었지?"

"오케이."

손태명이 주문을 하는 사이 현우의 핸드폰이 울렸다. 이진이 작가였다.

—현우 씨! 방송 봤죠?!

"당연히 봤죠. 예능국 반응은 어때요?"

—내일 시청률이 나와 봐야 알겠지만 다들 나쁘지 않다는 반응이에요.

"이준영 피디님은요?"

현우는 유명 스타 피디인 이준영 피디의 생각이 가장 궁금했다.

—승훈 씨한테 수고했다, 이 말만 하고 별말 없던데요? 아 참, 현우 씨가 고생이 많다고는 했어요.

"그래요? 하긴 아직 첫 회니까 섣불리 판단을 할 수는 없으시겠죠."

—그리고 솔이 말인데요…….

"네. 말씀하세요."

—오늘 내일 말들이 많을 거예요. 현우 씨가 솔이 좀 잘 챙겨주세요.

이진이의 말속에는 여러 의미가 담겨 있었다.

숨이 끊어져 가던 프아돌에 호흡을 불어넣어 준 것도 아이들이었고, 또 논란거리를 만들어준 것도 이솔이었다.

오디션 프로그램을 제작하고 있는 제작진 입장에서 논란거리는 일종의 미끼 역할이었다. 논란이 크면 클수록 시청자들은 그 미끼를 덥석 물 확률이 높아지는 것이다.

이진이는 논란거리로 이솔을 부각시킨 것에 대해 신경을 쓰고 있었다.

그리고 현우가 이를 모를 리가 없었다.

"알겠습니다. 너무 신경 쓰지 마세요. 솔이도 생각이 있는 아이니까 분명히 극복해 낼 수 있을 겁니다."

—이해해 줘서 고마워요. 승훈 씨랑 우리 제작진 전부, 현우 씨한테 고마워하고 있어요. 지유가 출연하지 않았더라면 정말 힘들었을 거예요.

"결정은 지유가 한 겁니다."

—그래도요. 무형 때도 그랬지만 현우 씨랑 한 배를 타기를 정말 잘한 거 같아요. 그럼 내일 시청률 확인하자마자 연락 줄게요.

"네, 작가님도 고생 많으셨습니다."

툭. 전화를 끊고 현우는 노트북으로 시선을 돌렸다. 생전 처음으로 대중들의 반응을 보기가 껄끄러웠다.

"현우 씨, 왜 그래요?"

조용히 있던 추향이 넌지시 현우를 걱정해 왔다.

"아닙니다. 잠시 생각할 게 좀 있어서요. 선생님도 식사하시고 가세요."

"네. 현우 씨가 그렇게 말하는데 먹고 갈게요."

길게 심호흡을 한 다음 현우는 노트북 화면을 들여다보았다.

현우의 예상대로였다. 이솔의 무대 공포증과 F등급을 받은 것을 두고 수많은 논란이 벌어지고 있었다.

[어울림 연습생 이솔, 무대 공포증 고백! 결국 F등급]

'프로듀스 아이돌 121'이 첫 회부터 논란과 화제를 동시에 불러일으키고 있다. 첫 방송에서는 어울림의 연습생 고양이 소녀들이 큰 활약을 하며 대표로 깜짝 등장한 송지유와 함께 시청률을 견인했다. 하지만 어울림 연습생 이솔이 무대 공포증을 스스로 밝히며 큰 논란을 불러일으키고 있다. 이솔은 훌륭한 가창력과 퍼포먼스를 보여주었음에도 결국 F등급을 받으며 최하위 그룹으로 강등되었다.

—무대 공포증인 애가 방송에 왜 나와? (공감1,302/비공감524)

—솔부기 욕하지 마라. 겁나 예쁘기만 한데 (공감1,268/비공감421)

—프아돌 제작진 진짜 무슨 생각임? 병 걸린 연습생 내보내서 관심 끄는 거 봐라. 시청률이 그렇게 중요하냐? ㅉㅉ (공감1,219/비공감219)

—솔직히 이솔이 F등급은 아니지. 제작진이랑 심사위원들 편

파 오지네. (공감1,078/비공감193)

—송지유 때문에 보는 사람 손? (공감991/비공감55)

—무대 공포증이면 치료를 해야 하는 거 아닌가? 프로그램에 민폐 (공감973/비공감529)

—송대표 하드 캐리 ㅇㅈ? (공감887/비공감40)

다른 기사들도 상황은 별반 다르지 않았다. 무대 공포증을 앓고 있으면서도 프아돌에 출연한 이솔을 두고 비난과 동정의 여론이 치열하게 오고 갔다.

제작진을 향한 비난 여론도 들끓고 있었다. 오직 송지유만이 대중들에게 박수를 받고 있는 실정이었다.

기사들과 커뮤니티 반응을 확인하는 현우는 마음이 복잡했다. 생각했던 것보다 파장이 훨씬 컸다.

"현우야, 넌 안 먹어?"

장지석이 현우에게 다가오더니 슥 노트북 화면을 훑어보았다. 장지석이 볼을 긁적였다.

한눈에 보아도 상황이 복잡해 보였다. 장지석이 현우의 어깨를 다독였다.

"괜찮아, 괜찮아. 무형도 초창기 때는 욕 엄청 먹었어. 매일 폐지 안 하냐고 예능국에 전화까지 왔었다니까? 나는 그때 탈모도 왔었어. 현우야, 힘내자. 아직 첫 방송이 나간 것뿐이잖아."

"후우… 힘내야죠. 사실 전 괜찮습니다. 근데 솔이가 걱정이네요."

이번만큼은 현우도 대중들이 야속했다. 이솔은 고작 17살이었다. 그런데 그 작은 소녀를 두고 성공에 눈이 먼 년, 민폐나 끼치는 년이라는 둥 입에 담지도 못 할 욕들이 쏟아지고 있었다.

"지석이 형도 욕하는 사람들이야. 그러려니 하자. 응?"

정훈민도 합세해 현우를 위로했다.

때마침 배달이 왔다.

"일단 먹자."

손태명도 현우를 잡아끌었다.

*　　　*　　　*

창틈으로 새어 들어오는 햇살이 현우의 눈을 간질였다. 머리를 긁적이며 현우가 눈을 떴다.

책상 위로 수북하게 쌓인 맥주 캔들이 보였다. 그리고 그 너머로 익숙한 모습이 보였다.

순간 현우의 눈동자가 커졌다. 다리를 꼰 채로 송지유가 현우를 쳐다보고 있었다. 그것도 한심하다는 얼굴을 하고 있었다.

“지금 몇 신 줄 알아요? 당장 일어나지 못해요?!”

“어? 어!”

현우가 급히 몸을 일으켰다. 송지유가 대표실 책상 위로 쌓인 맥주 캔들을 치우기 시작했다.

“집에 들어가서 자라니까 왜 자꾸 회사에서 자는 거예요?”

“일 좀 하느라고 그랬지.”

“뭐가 그렇게 바빠요? 난 프아돌만 빼면 휴식기라 스케줄도 없는데. 애들도 합숙소에 들어가 있잖아요.”

“그렇긴 하지.”

아이들의 이야기가 나오자 현우가 쓰게 웃었다. 맥주 캔이 담긴 봉지를 쓰레기통에 넣은 다음 송지유가 소파에 앉았다.

“솔이 걱정하는 거죠?”

“어떻게 알았어?”

“척하면 척이지. 내가 모를 거 같아요?”

“하긴, 으으.”

갑자기 머리가 띵했다.

“사람 차별하지 말아요.”

“갑자기 무슨 소리를 하는 거야?”

“내가 무형 찍을 때는 이렇게까지 걱정하지 않았잖아요?”

“네가 걱정할 게 뭐가 있어. 혼자서도 척척 잘하잖아. 멘탈도 나보다 강하고."

송지유가 대답 대신 팔짱을 낀 채로 차가운 표정을 했다.

"오빠 말은 나는 믿을 수 있고, 솔이는 못 믿겠다. 이 말이네요? 사람 차별하지 말아요. 그 아이도 절대 만만한 아이는 아니에요. 스스로 무대 공포증을 세상에 알리겠다고 한 아이에요. 모르겠어요?"

"……."

송지유의 충고에 현우는 띵했던 머리가 맑아지는 것 같은 기분이었다. 신기하게도 마음이 편해졌다.

"역시 송 대표라 이건가?"

"뭐라고요?"

"너 새 별명 생겼잖아. 송 대표, 아악!"

"주정뱅이 주제에 장난칠래요?"

송지유가 현우의 팔뚝을 꼬집었다. 제법 아팠지만 현우는 웃고 있었다.

"얼른 가서 씻고 올게. 아침이나 같이 먹자."

"이제 정신 차렸네, 김현우."

"야! 반말은 좀 그렇거든?"

현우가 피식 웃으며 대표실을 나섰다.

샤워 부스에서 씻고 나오는데 마침 핸드폰이 울렸다. 이진이였다.

"네. 김현우입니다."

—현우 씨! 시청률 나왔어요!

순간 현우의 눈빛이 달라졌다. 수많은 논란을 감수했던 이유는 오직 시청률 때문이었다.

"어떻게 됐습니까?"

—7.8% 나왔어요!

"SBC 쪽은요?"

—6.4%요! 우리가 이겼어요!

핸드폰 너머로 제작진의 환호성이 들려왔다. 현우의 입가에 안도의 미소가 지어졌다.

논란을 감수하면서까지 승부수를 던졌던 현우와 제작진의 수가 제대로 먹힌 꼴이었다.

—국장님께서 현우 씨한테 언제든 식사 대접을 하고 싶다고 하시네요!

"제가 한 게 뭐가 있습니까? 지유랑 솔이가 다한 거죠."

현우의 말에 핸드폰 너머 이진이가 말이 없었다.

—음… 현우 씨… 기사 봤죠?

"네, 당연히 봤죠."

—미안해요. 솔이한테 너무 무거운 짐을 지게 한 것 같아요. 저희 제작진도 최대한 솔이를 지원하는 쪽으로 방향을 잡을게요.

"아뇨. 그럼 형평성에 어긋납니다. 그냥 지켜봐 주세요. 스스로 잘 해결할 겁니다."

현우는 단호했다. 제작진의 푸쉬는 첫 회 분량 정도면 충분했다. 그 이상은 바라지 않았다. 또 무엇보다 현우는 이솔이 홀로 이 상황을 헤쳐 나가기를 기대하고 있었다.

—그렇긴 한데, 다음 방송에 현우 씨가 놀랄 만한 일이 있을 거예요. 미리 말은 하지 않을게요.

"알겠습니다. 그럼 부탁 하나만 하겠습니다."

—네, 말씀하세요.

"오늘 우리 아이들 보러 가도 되겠습니까? 한 시간 정도면 충분합니다."

—괜찮아요. 어차피 일주일에 한 번 면회가 되니까요. 제가 따로 연락해 놓을게요.

"알겠습니다. 그럼 끊겠습니다."

전화를 끊자마자 현우는 머리를 말렸다.

잠시 후, 초록색 봉고차가 파주 영어 마을로 향했다.

* * *

햇살이 뜨거운 정오. 초록색 봉고차가 한류 트레이닝 센터를 지나 숙소 건물 앞에서 멈추었다.

"대표님! 대표님!"

봉고차에서 내리자마자 마중을 나와 있던 아이들이 우다다 달려들었다.

"잘들 있었어?"

현우가 아이들의 머리를 쓰다듬어 주었다. 이지수가 현우를 살펴보며 눈을 동그랗게 떴다.

"와. 엄청 멋 내고 오셨네요?"

다른 아이들도 뒤늦게 현우를 보고 놀랐다. 짙은 남색 슈트에 정장 구두까지. 심지어 넥타이도 하고 있었다.

현우가 멋쩍은 얼굴을 했다.

"너희들 체면도 있는데 신경 좀 썼다. 근데 솔이는 어디에 있어? 왜 너희들만 오냐?"

이솔이 보이지 않았다. 아이들이 뭐라 입을 열려는 찰나, 한류 트레이닝 센터 쪽에서 이솔이 달려오고 있었다.

"대, 대표님! 오셨어요?"

숨을 몰아쉬며 이솔이 현우에게 인사를 했다.

"잘 지냈어?"

"네, 잘 지냈어요. 어제 방송 보셨죠? 어땠어요?"

현우의 우려와 달리 이솔은 밝게 웃고 있었다. 또 연습을 하다가 왔는지 앞머리가 땀에 젖어 있었다.

"걱정 많이 했는데 씩씩해 보이네. 기특하다, 솔이."

얼굴에 붙은 머리카락을 떼어주며 현우가 부드럽게 미소를 지었다.

"와아. 짱 자상해."

전유지가 멍한 얼굴로 현우와 이솔을 번갈아 쳐다보았다. 뒤늦게 현우의 시선이 전유지와 F등급을 받은 연습생들에게로 향했다. 언제 왔는지 다들 현우를 쳐다보고 있었다.

"아, 안녕? 얘들아? 솔이랑 같은 그룹 친구들이구나. TV에서 봤다."

"아으으. 창, 창피해요."

전유지와 F등급 연습생들이 몸을 배배 꼬며 부끄러워했다.

현우는 유심히 F등급 연습생들을 살펴보았다.

프리즘과 사바나 멤버들도 있었고, 개인 연습생 김세희와 베트남에서 온 하잉도 있었는데 다들 땀에 절어 있었다. 현우가 빙그레 웃었다.

"너희들 연습 열심히 하는구나."

"네. 정말 죽을 만큼 열심히 하고 있어요."

사바나의 리더인 유은이 자신 있게 대답했다.

"그래. 그럼 열심히들 하고, 솔이 잠깐만 데리고 가도 되지?"

"네. 그럼요!"

유은이 말했다.

현우는 일단 아이들의 숙소를 구경했다. 공교롭게도 다섯 아이들 전부 다른 방을 썼기에 연습생들을 꽤나 마주쳐야 했다.

"사인 하나만 해주세요! 저희 고모가 팬이에요!"

"고, 고모?"

현우는 어색해하며 어느 연습생에게 사인까지 해주었다.

"마음 놓이시죠?"

김수정이 현우에게 물었다.

"숙소도 좋아 보이고 다른 연습생 애들이랑 잘 지내는 거 같아 보여 다행이네. 근데 배하나는 청소 좀 하자."

"어, 어제만 해도 깨끗했거든요!"

"그래그래. 알았다. 난 잠깐 보고 올 사람이 있으니까 먼저 들 가 있어."

아이들과 잠시 헤어진 현우는 한류 트레이닝 센터로 향했다. 트레이닝 룸의 문을 열고 들어가자 안무가 릴리가 현우를 기다리고 있었다.

"안녕하세요, 김현우입니다. 반갑습니다."

"어서 오세요, 릴리예요. 아이들한테 듣던 것보다 훨씬 멋있으시네요?"

"아이들이 쓸데없는 이야기를 했네요."

"그런가요? 일단 앉으세요."

현우는 의자에 앉아 릴리를 살펴보았다. 왕년의 스타답게 릴리가 뿜어내고 있는 포스는 보통이 아니었다.

"어제 방송 보고 걱정 많으셨죠?"

"걱정을 아예 안 했다면 거짓말이겠죠. 그래도 방금 솔이를 보고 왔는데 마음이 좀 놓이네요. 그리고 우리 솔이를 칭찬해 주셔서 감사합니다."

"잘했으니까 당연히 칭찬을 한 거죠. 전 있는 그대로 평가한 것뿐이에요."

"그런데… 괜찮으십니까?"

현우가 조심스레 물어보았다. 이솔과 제작진뿐만 아니라 릴리도 대중들의 집중 포화를 맞고 있었다.

"1세대 아이돌 출신들이 가지고 있는 가장 큰 장점이 뭔 줄 아세요? 바로 욕먹는 것에 익숙하다는 점이에요. 괜찮아요. 한창 활동할 때 온갖 욕은 다 들어봤는데요, 뭐."

"그럼 다행입니다. 그리고 아이들한테 들었습니다. 솔이를 유난히 잘 챙겨주신다고요?"

"안타까워서요. 재능이 정말 많은 아이인데 무대 공포증이란 걸 가지고 있는 게 너무 안쓰러웠어요. 앞으로 어떻게 될지는 모르지만 제가 할 수 있는 한 최대한 솔이를 도와줄 생각이에요."

온갖 욕이란 욕은 다 먹고 있는 상황인데도 릴리는 이솔을 생각하고 있었다.

"감사합니다. 언젠가 저도 꼭 보답하겠습니다."

"그럼 나중에 앨범이라도 내주세요. 아! 농담이에요."

"하하. 그럼 부탁드리겠습니다."

정중하게 인사를 하고 현우는 식당으로 향했다. 식당 문이 열리자마자 박수가 쏟아졌다.

"안녕하세요! 대표님! 프로듀스 아이돌 121 연습생들입니다!"

연습생들의 군기가 보통이 아니었다.

"음. 안녕하세요? 어울림 엔터테인먼트 대표 김현우입니다. 오늘은 제가 처음으로 면회를 왔지만 며칠 내로 다른 기획사 관계자분들도 면회를 올 거니까 서운해하지 마세요."

"아니에요! 오히려 더 좋아요!"

몇몇 연습생들이 현우를 격하게 반겨주었다. 현우가 피식 웃었다.

"그동안 연습하느라고 다들 고생 많았어요. 식단 조절하느라 다들 힘들죠?"

"네에!"

연습생들이 한목소리로 외쳤다.

"별건 아닌데… 오늘만큼은 마음껏 먹어요."

식당 문이 열리며 스탭들이 치킨 박스를 들고 나타났다. 연습생들의 비명 소리가 식당 안을 가득 메웠다.

"김현우! 김현우!"

아이들이 현우의 이름을 연호하기 시작했다. 손을 들어 일일이 답례를 한 후 현우도 치킨 박스를 들고 아이들에게로 향했다.

"자. 양념 치킨이다."

"야, 양념 치킨!"

배하나가 닭다리를 들고 소리쳤다. 그러더니 눈물까지 글썽였다.

"대표님, 제가 성공하면 대표님한테 은혜 꼭 갚을게요."

식사가 끝나고 연습생들이 현우에게 몰려들었다.

셀카 요청과 사인 요청이 줄을 이었다. 식당에서 한 시간 정도를 더 있다가 현우는 한류 트레이닝 센터를 빠져나올 수 있었다.

"삼 일 후에 녹화라고 했지? 다들 열심히 하고. 무슨 일 있으면 바로 전화해라."

"네! 알겠어요. 그리고 오늘 대표님 덕분에 너무 든든했어요."

김수정이 헤헤 웃고 있었다.

현우는 마지막으로 이솔과 눈을 마주했다.

"무조건 견뎌. 무슨 말인지 알겠지?"

"네. 저 꼭 1등할 거예요."

"그래. 그럼 간다!"

초록색 봉고차가 아이들의 눈앞에서 점점 멀어져 갔다.

*　　　*　　　*

일요일 저녁 6시. 현우는 어울림 식구들과 3층 사무실에 모여 있었다. 방송이 시작하지도 않았건만 벌써 기사들이 포털 사이트를 장식하고 있었다.

[어울림의 이솔, 프아돌 2회 차에서 결국 탈락하나?]

[프아돌. 논란을 뒤로한 채 2회분 방송. 오늘은 논란을 잠재울 수 있을까?]

기자들이 온갖 추측성 기사들을 쏟아내었고, 주요 커뮤니티들도 첫 방송 때보다 반응이 뜨거웠다.

'그렇다는 건 오늘 방송이 가장 중요하다는 건데.'

오디션 프로그램의 분수령은 첫 방송보다는 두 번째 방송에서 결정되는 경우가 허다했다.

마침 일요일 저녁 6시였기에 3층 사무실로 간단한 중국 요리들이 차려져 있었다. 손태명과 오승석이 비닐 랩을 벗기는 사이, '프로듀스 아이돌 121' 2회가 시작되었다.

어둠으로 물들어 있던 세트로 하나둘 조명이 내려왔다. 그리고 송지유가 모습을 드러내었다.

"안녕하세요? 국민 프로듀서님들. 대표 송지유입니다."

송지유가 살짝 고개를 숙였다. 그리고 동시에 분홍빛 조명들이 일제히 빛을 발하며 무대를 밝혔다.

"국민 프로듀서님들께서 기다리시던 It's me 무대, 지금 보여드리겠습니다!"

송지유가 화면 밖으로 걸어 나갔고, 바닥이 갈라지며 삼각형 무대가 허공으로 떠오르기 시작했다. A등급을 받은 연습생들이 하나둘 모습을 드러내기 시작했다.

김수정과 유지연, 이지수와 배하나가 무대의 중앙으로 이동해 왔다. 아이들을 지켜보고 있던 현우가 어느 순간 눈을 크게 떴다.

A등급 연습생들 사이로 핑크색 헬로키티 가면을 쓴 이솔이 당당하게 걸어 나오고 있었다.

『내 손끝의 탑스타』 4권에 계속…